Reimer Bull

Jakob
sien Geschichten

Quickborn-Verlag

Die plattdeutsche Schreibweise des Autors wurde unverändert übernommen.

ISBN 978-3-87651-356-0

Umschlagillustration: Hans Peter Feddersen »Landschaft mit hoher Luft«, 1911
(Pastell auf Pappe 26 × 36 cm, Werkverzeichnis Nr. 806)
Gesamtherstellung: CPI – Clausen & Bosse GmbH, Leck
Der Umwelt zuliebe
auf chlorfrei gebleichtem Papier gedruckt
Printed in Germany

So weer dat, seggt Jakob.
Un ok, wenn't nich so weer,
is dat doch liekers so ween.
För mi.

1

Ik bün Jakob.
Mi geiht dat goot.
Ik kann nich klagen.
Ik heff mien Utkamen.
Leev noch in mien egen Huus.
So as Willem Johnsen.
Mien Naver.
Willem weer maal Lehrer.
So as ik.
An de Volksschool.
Wi sünd froh, wi hebbt dat achter uns.
Wi verstaht nix mehr vun de School.
Dat quält uns aver nich.
Wi hebbt all Fächer ünnerricht.
Dat gifft dat hüüt nich mehr.

Willem sien Spezialität weer Religion, dorum fallt em gelegentlich ok dat Denken en beten wat swoor. Willem seggt, du kannst maken, wat du wullt, is allens vörherbestimmt. Wat as Tofall utsüht, is keen Tofall, is Gott sien Willen.
Prädestination, seggt Willem, Vorherbestimmung. Göttliche.
Dor glöövt he an.
Ik nich.

2

Wi loopt veel. Wi sünd noch goot to Foot, liekers Willem al en frische Hüft hett. He weer aver all sien Daag en goden Turner, dree Daag na sien Operation keem he mi al op den Fluur meist ahn Stützen in de Mööt.
Substitution durch Muskelkraft, seggt Willem, so hett sien Dokter em dat verkloort.
Schull ik maal en frische Hüft nödig hebben, op mien Muskeln köönt se lang töven, ik mach Turnen nich. Mien Dokter seggt, ik schall mi jeedeen Dag mit de Arms gegen de Wand stemmen un denn in' Stahn Klimmtögen maken. Ik warr al krank, wenn ik so wat hföör. Dree Daag

heff ik dat probeert, denn hett mi de Anblick vun de Wand ekelt.

Willem un ik, wi sünd Witwers. An un för sik schullen uns Fruuns je Wittfruuns ween, mehrstendeels starvt de Mann vör de Fruu. Dat hett bi uns nich klappt.
Fruu Holtmann sorgt för mien Huus, eten do ik in' Karkspeelkroog. Willem lett sik dat Eten vun Slachter Beth kamen, de hett en Service för ole un kranke Lüüd. Willem is keen Restauranttyp. Ik bruuk Lüüd um mi, wenn ik eten un drinken schall. Un ik mutt snacken. Willem snackt inwendig mit sik sülm. He geiht sien Leven torüch, he socht den roden Faden vun sien Leven. Mien ›Lebensthema‹, seggt he. Willem is en Monothematischen. Ik bün polythematisch, in mien Leven hett dat nich bloots een Thema geven. Ik söök ok keen roden Faden. Ik glööv an Tofall un an en Leven mit Löcker. Willem socht den Roman vun sien Leven. Mien Leven sünd Geschichten.

3

Ik heff Geburdsdag.
An Namiddag Klock halvig twee bün ik op de Welt kamen. Vör 76 Johr. Wenn de Klock halvig twee is, krieg ik mi dat Dagbook vun mien Mudder her un lees: ›Eine schwere Zangengeburt erlöste mich nach 48 Stunden endlich von dem kleinen Quälgeist.‹
Quälgeist? Ik heff mi ok quält, nehm ik doch an. Dat is keen Vergnögen, Tang an' Kopp un denn ruttrecken. Ik heff hüüt noch en Narv an' Hals. Un en scheven Kopp heff ik hatt, wekenlang hebbt se mi masseern mußt, anners weer de Kopp scheev bleven. ›So kompliziert, wie er zur Welt gekommen ist, so kompliziert ist er auch geblieben‹, schrifft Mudder. Komplizeert? För wen?

Ik fohr mit Willem na Averlak. Ik will em de School wiesen, in de ik groot worrn bün, dat Dörp, un ik will na Eva. Se hett mi inlaadt to Kaffee. De Börgermeester hett ehr mien Adress geven. Ik heff Eva siet 72 Johr nich mehr sehn. Eva is 82.

Dat is de School. Dat is de Straat. Wenn en de langs fohrt, kummt en na de Fähr över den Kanaal. Mit en Dreerad un wenn en veer Johr oolt is, en lange Streck. Ik weer veer Johr oolt, ik harr dat Dreerad, un ik wull na de Fähr, denn op de anner Siet weer Eva bi ehr Tante to Geburdsdag. Ik wull na Eva, denn düsse Dag weer jo doch mien Dag mit Eva. Jeedeen Namiddag weer mien Dag mit Eva. Aver Mudder hett seggt, Eva kann hüüt nich mit di spelen, se mutt na ehr Tante, de hett Geburdsdag.

Ik heff Eva op'n Schoolhoff kennenlehrt, do weer ik een oder twee Johr oolt, un ik heff in' Kinnerwagen legen, buten op den Schoolhoff. De Schoolhoff hett mien Vadder tohöört, de weer Lehrer an de Dörpsschool un hett mit mien Mudder in de School wahnt.

An un för sik geev dat genoog Deerns för mi, nich bloots Eva, denn jümmer wenn dat to Paus bimmelt hett, stunnen se all um mien Wagen rum un hebbt mi anlacht. Dat weet ik vun mien Mudder, de hett dat opschreven: ›Jakob war der Liebling aller Schulkinder.‹ So steiht dat in ehr Dagbook. ›Alles ließen sie sich von ihm gefal-

len. Geduldig hoben sie sein Spielzeug auf, holten den Ball wieder, fuhren ihn im Wagen aus. Wenn es regnete, standen sie in der Pause vor unserem Küchenfenster und riefen: Jakob! Jakob! Und staunten ihn an. Es war sein erstes Publikum, dem er seine Mätzchen vormachte.‹
Ik stöör mi an dat Woort ›Mätzchen‹.

Wenn dat bimmelt hett, weern all Deerns op'n Slag weg. Ik mach Weggahn nich lieden. As ik op de Welt keem, gung Mudder na veer Weken weg, un en Krankenswester keem, ik leeg in't Krankenhuus. Ik much keen Melk. Dat harr Mudder weten schullt. Ik mach ok hüüt noch keen Melk. Mudder harr ok nich noog Melk. Aver natüürlich hett dor ok Tine Möller mit Schuld an hatt, de hett to Mudder seggt, wenn de Lütt nich mehr sugen deit, denn is he satt. Dat is bi de Gören nich anners as bi de Farken. Satt is satt.
Ik weer aver nich satt.
›Jakob schrie Tag und Nacht. Kinderklinik. Diagnose: Verhungert. Typisches Zeichen: Eingefallener Bauch.‹

In't Krankenhuus heff ik Swester Martha kennen lehrt. Martha weer mi angenehm. Ik muß nich an ehr Bost. Bi Martha heff ik de Buddel kregen. Veer Weken heff ik mit Martha leevt un heff dacht, Martha is mien Mudder. Man as ik ehr lieden much, gung se weg, un en Fruu stunn an mien Bett un sä, se is mien Mudder un nimmt mi mit in de School. Un as ik anfang un denk, se is mien Mudder, do geiht se wedder weg, un ik lieg in't Krankenhuus, Nabelbruch.

Un ik heff mit Swester Ingeborg leevt. Un denn kummt wedder en Fruu un seggt, se is mien Mudder, un ik denk, wees man vörsichtig, wenn se dat man ok is.

Un nu bün ik mit mien Dreerad op den Weg na Eva ehr Tante, de hett Geburdsdag. Seggt Mudder. Wenn dat man stimmt. Dat will ik weten un fohr na den Kanaal.

Dat sünd dree Kilometers, seggt de Börgermeester vun Averlak to Willem un mi, un wi staht vör dat Huus, wat maal de School weer, un wo ik op den Schoolhoff de Deerns anlacht heff. Un de ool Fruu blangen mi is Eva, un ik nehm ehr in de Arms un denk, nu bün ik oolt, un de eerst Deern is jümmer noch dor.

De Börgermeester seggt, he will uns mit sien Auto na de Fähr fohren un ok wedder torüch, un ik sitt blangen Eva, se kickt mi an, un ik denk, wenn se seggt, se is Eva, denn is se dat wull, ik kenn ehr nich wedder.

As wi bi ehr to Kaffee sitt, wiest se mi en Foto, en lütt Deern hett en lütten Jung an de Hand.
Dat büst du, seggt Eva, un dat bün ik. Dat warrt stimmen, denk ik, ik kenn Biller vun mi, do weer ik veer, un dat Gesicht vun den lütten Jung op dat Foto kummt mi bekannt vör. Ik nehm an, dat bün ik.
Eva seggt, se hett noch wat för mi un gifft mi en lütt Schachel. Ik schall dat opmaken, seggt se.
Ik nehm den Pappdeckel af un heff en lütt Dreerad in de Hand.
To Geburdsdag, seggt Eva.

4

Willem is an't planten in sien Schrebergoorn. He sett Kantüffeln. Ik heff maal to em seggt: Wat quäälst du di um'n Goorn, legg en Rasen an, koop en Meihtrecker un fohr spazeren. Aver Willem hett dor sien Freud an, Saat in de Eer kriegen un Dag för Dag tokieken, wat dorvun warrt.

He hett al as lütten Jung sien egen Stück Goorn hatt, seggt he. Maal hett he sien Mudder fraagt hatt, as he en Kantüffel in de Eer leggt hett: Wenn dor nu ganz wat anners vun warrt as en Kantüffel, wat denn? Sien Mudder hett lacht un seggt: Ut en Kantüffel warrt nix as en Kantüffel. Dat is so, un dat blifft so.

He hett dat aver nipp un nauer weten wullt un hett all dree Daag de Eer vun de Kantüffel wegraakt. Un as he nu den enen Dag süht, de Kantüffel drifft ut, an de Drieven sitt al lütte Gnubbeln, do verfehrt he sik un röppt sien Mudder: Mien Kantüffel is hin! Sien Mudder hett em begööscht un seggt: Maak di keen Sorgen, geiht allens as dat gahn schall.

Dor kann ik mi noch genau op besinnen, seggt Willem.

Ik kann mi op so wat nich besinnen. Ik besinn mi op Marianne, de gung mit mi in dat eerst Schooljohr, un ik much ehr dull lieden. Un ik besinn mi op Tante Irmgard, de weer de Fründin vun mien Mudder un an' Morgen mien Lehrerin. In de School muß ik ›Fräulein Beckmann‹ to ehr seggen, an' Namiddag tohuus weer se denn wedder Tante Irmgard.

Den enen Morgen hett Fräulein Beckmann uns dat Märken vun Rootkäppken un den Wulf vörleest un hett meent, wi schullen dat nu ok maal spelen. Ik weer de Wulf un Marianne dat Rootkäppken.

Aver ik heff dat Märken toschannen speelt. Dat weer de Momang, wo Rootkäppken an dat Bett vun ehr Oma steiht. Un in dat Bett liggt de Wulf.
Rootkäppken kickt de Oma an un seggt: O, Grootmudder, wat hest du för grote Ohren! Un ik mutt seggen: Dat ik di beter hören kann.

O, Grootmudder, wat hest du för grote Ogen! Dat ik di beter sehn kann.
O, Grootmudder, wat hest du för grote Hannen! Dat ik di beter … packen kann! sä ik miteens wat tögerlicher.
Un Rootkäppken seggt: O, Grootmudder, wat hest du för'n gräsig groot Muul!
Un ik … ik harr nu seggen mußt: Dat ik di beter freten kann!
Ik aver heff Marianne ankeken, heff Fräulein Beckmann ankeken un heff seggt: Nein, Tante Irmgard, das tu ich nicht! Ich fress sie nicht! Ich mag sie doch so gern leiden!
Fräulein Beckmann hett lacht: Jakob, du büst de Wulf!
För'n Momang wuß ik nich, wat ik doon schull, man denn heff ik ropen: Nee, dat bün ik nich! Ik bün en verwünschten Prinz, un wenn Rootkäppken mi en Kuß gifft, denn bün ik erlööst.
Do hett Marianne mi en Kuß op de Back geven.

Tante Irmgard hett naher to mien Mudder seggt: ›Er hat wirklich gespielt. Er war der Wolf. Und er war der Prinz. Und er hat aus seiner Not einen Ausweg gefunden. Aber einen märchenhaften!‹

So is dat. Dat Leven is keen Kantüffel. Ut en Wulf kann ok maal en Prinz warrn.

5

Ik stah an' Tuun vun mien Goorn. Vun hier kann ik över de Weiden bit hin na'n Diek kieken. Mi stöört de Windmöhlen. Toveel dorvun. Wat maal mien Landschop weer, is en Industrieland worrn. Windindustrielandschop. Annerwegens hett dat maal heten: Blauer Himmel über dem Ruhrgebiet! Wat dor de schietige Heven weer, is hier de dreihküselige Heven worrn. Wat fehlt, is dat Maat. As jümmer.

Aver de Köh un Ossen, se graast jümmer noch op de Weid, staht an mien Tuun, liegt, kiekt mi an.
Ik kann ehr lang tokieken, wo se dor liegt un wedderkaut.
Meditatives Wiederkäuen, heff ik maal to Willem seggt, kiek di ehr an, wat för en Roh.
Dat meditative Wedderkauen schullst du di man ok angewöhnen, hett Willem seggt, denn harrst du ok nich so veel Mallöör mit dien Maag.
Willem meent, dat ik mien Eten so fix opeet un

jümmer bang bün, dat langt womööglich nich, dat kummt vun de Tiet her, wo ik meist verhungert weer.
So wat sett sik fast, seggt Willem. Jüst so as dien Mallöör mit de Fruuns. Dat kummt ok ut de Tiet, wo du all Ogenblick in't Krankenhuus legen hest, un dien Mudder weer nich mehr dor. Wokeen kann de Fruuns truun, wenn al de eerst Fruu jümmerto verswinnen deit. Urvertruun, seggt Willem, mit dat schall dat Leven anfangen. Dat hett bi di nich glückt.

Op de Naverweid staht Peer. Ik bün nich för Peer. De staht, rippt un röögt sik nich, laat de Ünnerlipp hangen. Süht melancholisch ut.
En Koh, wenn se mi ankickt, süht ut, as worr se överleggen: Wokeen is dat, de dor vör mi steiht?
Dat denk ik ok mennigmaal: Wokeen is Jakob? Ik bün nich Dag för Dag desülvige.
De Ossen staht an' Tuun un doot, wat se jümmer doot, wenn de Flegen ehr plaagt, se langt mit ehr Swänz na links un rechts ut.
So as vör veel, veel Johren, as Mudder schrifft: ›Es ist heiß draußen. Die Tiere werden von den Fliegen geplagt, ihre Schwänze sind unentwegt

in drehender Bewegung, um sie wegzuscheuchen. Jakob schaut interessiert zu. Nach einer Weile kommt er zu mir und sagt nachdenklich: Wir kriegen Ossenwind. Mein Gesicht war ein einziges Fragezeichen. Ossenwind? Wieso?
Weil ich gesehen habe, die Ossen drehen immer mit dem Schwanz. Ganz schnell. Und das gibt Wind. – Kleines Dummerchen. Auf Plattdeutsch heißt ›Ostwind‹ ›Ossen-Wind‹ Er hatte also nur kombiniert.‹
Nur?
Wenn de Wulf Prinz warrn kann, denn köönt de Ossen ok Wind maken.
Nehm ik an.
›Ich habe meinen großen Jungen ganz schnell in die Arme genommen‹, schrifft Mudder.
Hett de lütt Jakob wußt, wegen wat?
Ik weet dor nix mehr vun.

6

Eenmaal de Week fohr ik Willem na sien Mudder in de Kreisstadt, se liggt dor in't Olenhuus. Willem hett sien Auto verkofft, he kann nachts nich mehr recht sehn.

Sien Mudder is 96 Johr oolt. Siet dree Johr liggt se. Tovör hett se veer Johr in' Rullstohl seten. Do sünd wi noch mit ehr to Stadt gahn. Willem hett ehr schoven, un de ool Fruu wuß nipp un nau, wo se hin wull, na't Café an' Markt. Dor wull se, wenn dat Sommer weer un warm, buten sitten un Lüüd sehn.

Hüüt, wenn Willem bi ehr kummt, kennt se em mennigmaal al nich mehr. He mutt vun ehr olen Tieden vertellen, denn kummt se sachen in de Gangen, nückt, murmelt, se mutt doch ok maal wedder bi Naver Rohwedder inkieken, un de Goorn mutt sauber maakt warrn, dor liegt noch veel Blööd op de Eer, Ekenblööd, de dörvt en nich leggen laten. Un fraagt Willem, wat ehr Huus ok pleegt warrt. Un weet nich, ehr Huus gifft dat nich mehr, Willem hett dat an de Stadt verkofft, de hett dat mit anner Hüüs afreten, un nu steiht dor en Supermarkt. Nr. 18, wo sien Mudder leevt hett, heet nu ALDI, un keeneen weet, dat dor maal Käthe Johnsen wahnt hett.

Ik weet nich, wat ik 96 warrn will un kenn mi nich mehr. Mien Mudder is 60 worrn, en halv Johr krank; de Vadder 84, en halv Johr krank.

An besten is mien Opa vun de Welt kamen, de full um un harr allens achter sik.

Ik seet den Dag in de tweet Klass vun de Volksschool. Merrn in de Stunn klopp dat an de Döör, de Rekter keem un sä, ik schull rutkamen un all mien Saken mitnehmen. Buten op den Fluur sä he, ik schull na mien Oma kamen, mien Mudder worr dor op mi töven. Denn fohr he mi mit de Hand övern Kopp un sä: Nu loop man to.

Ik bün lopen un heff jümmer dacht: Woso schall ik na Huus kamen, de School is doch noch lang nich ut? Un woso is Mudder bi Oma? Opletzt weer ik mi seker, se wüllt mi överraschen. Ik wünsch mi doch al so lang en Ruller, un Mudder hett doch seggt hatt, de Wiehnachtsmann harr dat wegen den Krieg nich to rechter Tiet schafft hatt, he worr em wiß aver en beten wat later vörbibringen. Un nu is de Ruller dor, un Mudder kann dat nich aftöven, bit dat ik ut de School kaam.

Man as ik kaam, weent Oma, un Mudder nimmt mi in de Arms un seggt, ik schall mit ehr in Oma

ehr Slaapkamer gahn. Un dor liggt Opa in't Bett un is doot. Mudder seggt: Geev em nu man den letzten Kuß, dor freut he sik to.
Mi aver hett dat Grugen anfullen, un ik bün weglopen. Ik heff Opa socht, in' Schuppen, in de Garaasch, aver Opa weer weg.

So weg as de dode Vagel in unsen Goorn un Mudder seggt hett: Nu graavt wi en Kuhl in de Eer, dor leggt wi em rin, denn kann de Katt em nich freten. Weg mutt he je.

As Opa wegbrocht worr, hett de Füürwehrkapell speelt, un Mudder hett seggt: Opa is nu in' Heven. Wokeen doot is, kummt in' Heven.
De Vagel aver, de weer nich in' Heven, de leeg veer Weken later jümmer noch in de Kuhl. As ik de Eer wegraakt heff, ik wull sehn, wo is he, do weer nich mehr veel vun em na, Feddern un Knaken.

7

Morgen kummt de Maler, de ool Weenke, mien Stuven hebbt dat nödig. Ik heff mi för dree Daag bi Fruu Hansen inmeedt, in ehr lütt ›Hotel op'n Diek‹. Ik kann Handwarkers in't Huus nich af, all Ogenblick kiek ik, wat se maakt, wat dat för en Larm is, kook ehr Kaffee, geiht mi allens op de Nerven. An Schrievdischarbeid nich to denken.

Weenke sien Jung, he is de Juniorchef, hett seggt: Hulen Se af, wi fotografeert de Stuven, un Se warrn sehn, wenn Se wedder torüch sünd, is allens an sien Platz.

Fruu Hansen geiht dat nich goot, ik kenn ehr nu al veel Johren un heff foorts sehn, ehr sitt wat ünner, ok wenn se fründlich is un lacht. Un ok ehr Mudder süht bedröövt ut.

Ik heff dat lütt Hotel maal tofällig funnen, ik wull wattlopen. Tominnst eenmaal in' Sommer mutt ik in't Watt un geneten, wenn de Slick sik mank de Töhn hoochquetscht. Barfoot lopen. En Geföhl as in de Kinnerjohren, wenn wi över

de Weiden lepen un in de Kuhl för Köh un Ossen baadt hebbt. Vörsichtig över den muttigen Grund in't Water, dat weer gröön vun Antenflott. Wi op de een Siet vun de Kuhl, Köh un Ossen op de anner Siet.
Un denn: ›Mutprobe!‹ Wokeen waagt sik dat un swimmt direktemang op de Köh to? Acke Scholz is en Koh maal so neeg kamen, de hett sik verfehrt, is holterdipolter ut de Kuhl un hett opletzt noch in't Water scheten.
Hebbt jüm dat sehn, hett Acke ropen, se hett scheten, se is bang för mi!

Mudder hett nie nich schimpt, wenn ik gröön as en Marsminsch na Huus kamen bün. Op'n Hoff stunn al en Wann mit Water, un Mudder hett schrubbt un rubbelt, bit se sä: So, nu kannst du di wedder op de Straat sehn laten. Se hett sik freut, dat wi merrn in' Krieg an nix as an Spelen dacht hebbt.

Dat aver worr vun Week to Week, vun Maand to Maand gefährlicher.
›Sei immer recht vorsichtig‹ hett mien Vadder mi schreven, de seet as Suldat in Frankriek, ›sofort nach Hause, wenn es Alarm gibt! Wenn ganz

plötzlich Tiefflieger kommen, sofort von der Straße weg, irgendwo in ein Haus! Wenn aber kein Haus da ist, schnell in Deckung, in ein Loch oder in einen Graben, ganz flach hinwerfen und Kopf in den Sand! Ja nicht neugierig sein und aufgucken! Wenn der Feind mit Bordwaffen schießt, ist die Gefahr sehr groß!‹

Ik aver heff dacht, ik legg mi ünner en Koh, wokeen schall wull en Koh dootscheten. As aver den enen Dag würklich Flegers deep över de Weiden susen, do hett de ool Buur Ibs uns so dull utschimpt un hett seggt: Wenn ik jüm noch eenmaal op mien Weid seh, denn kriegt jüm so'n Jackvull, un ik dreep jümmer, dor hebbt jüm bit an dat Enn vun' Krieg goot vun!

Do weer't vörbi mit Baden, un uns Kuhl hett de Köh un Ossen alleen tohöört, un keen Fleger hett ehr dootschoten. Sühst du, heff ik to mien Mudder seggt, de best Platz is doch ünnern Koh, de staht noch all dor.
Do kreeg ik en Backs.
Woför?, heff ik huult.
Wiel dat du keen Koh büst, hett Mudder schimpt. Mark di dat!

Teihn Schreed bün ik gahn in't Watt, denn is mi dat linke Been wegrutscht, ik fall, kaam knapp wedder op de Been, dat Knee verrenkt un huuk nu bi Fruu Hansen. De Dokter hett dat Knee bandageert, un de ool Fruu Hansen seggt, inskünftig schall ik mi baven op'n Diek op de Bank setten un vun dor dat Watt bekieken.
Ik will dat Watt aver nich bekieken, ik will dat föhlen.
Warrn Se man eerst so oolt as ik, seggt Fruu Hansen, mit de Johren löppt allens op Sitten un Kieken ruut.

Liekers se sülm mit ehr 90 Johren jümmer noch in't Hotel mithölpen deit. Jeedeen Morgen geiht se vun Stuuv to Stuuv un kickt, wat örntlich oprüümt is un frische Handdöker utleggt worrn sünd.
Ehr Dochder seggt: Wenn Mudder dat nich mehr hett, denn blifft ehr nix mehr vun dat, wat se dat Leven lang gewohnt worrn is. Gelegentlich segg ik to de Deerns, de de Stuven sauber maakt, se schüllt maal en bruukt Handdook leggen laten oder de Seep för't Waschbecken vergeten. So hett Mudder dat Geföhl, wenn se nich oppasst, warrt licht wat översehn.

De letzten Gäst sünd to Bett, ik sitt mit Fruu Hansen alleen in de Gaststuuv. Ok ehr Mudder is to Klapp. Morgen fohr ik wedder na Huus. Fruu Hansen spendeert mi en Glas Wien, ik stööt mit ehr an un segg: Dank för de dree Daag un op en annermaal.
Se sett dat Glas af, kickt mi an un seggt liesen: Dat warrt keen annermaal geven.
Woso dat?, fraag ik.
Ik mutt verkopen, seggt se.
Verkopen? Woso verkopen?
Mien Swester, seggt se.
Wat is mit de Swester?
Ehr höört dat halve Hotel to. As Mudder oolt worr, hett se uns dat Hotel överdragen. 50 Perzent mien Swester, de annern 50 Perzent ik. Mien Swester will, ik schall ehr utbetahlen.
Hett se denn dat Geld nödig?
Se hett allens, Arbeid un Utkamen un jümmer ok en Andeel vun mien Gewinn. Dat Geschäft smitt aver nich veel af. Se will mehr. Ik kann dat Hotel nich holen. Hypothek, Kredit, von wat schall ik dat betahlen?

Woso deit de Swester dat?, heff ik fraagt. Se is niedsch, dat Mudder un ik goot mitenanner staht. Tscha, Schicksal.
Un wat maken Se nu?
Weet ik noch nich. För Mudder heff ik en Adress in't Olenhuus, dat dörvt se aver nich weten, ik weet nich, wat se dat allens noch verstahn un överstahn kann. Aver ok dat is denn Schicksal.
Is Betttiet. Schöön, Se weern noch maal hier.

Ik heff lang nich slapen kunnt. Schicksal? Dat weer wat för Willem, de glöövt an so wat. En Swester is keen Schicksal.
Fruu Hansen schall sik en Anwalt nehmen, dat kann je wull nich angahn, dat en den annern ruineert. Wat sä mien Opa jümmer: Kompanie is Lumperie. Un wat de Lumpen angeiht, sä Opa, wenn Gott ehr so goot kennen deit as ik, denn warrt he ehr wull strafen, he schall man bloots eerst weten, wo se wahnt. De Adress vun Fruu Hansen ehr Swester is aver je bekannt un dat langt, wenn de Rechtsanwalt ehr kennt.

8

Ik bün wedder tohuus, Maler Weenke hett sien Arbeid maakt, sauber, un allens steiht an sien Platz. In mien Arbeidsstuuv heff ik de Wannen root malen laten, as en dat in däänsche Hüüs sehn kann. Ossenroot. Süht warm ut, un de Biller kaamt ok beter ruut as op witte Wannen.

Ik heff Willem de niege Pracht wiest.
Gefallt mi nich, hett he seggt. Ik kann keen Bloot sehn.
Dat hett mi argert.
Un, heff ik seggt, wat maakst du, wenn du an' Sünndag in de Kark sittst un singst ›O Haupt voll Blut und Wunden‹? Denkst du denn an Bloot, oder singst du bloots? Dat hett nu em argert, un he is gahn.
Dat gifft Daag, an de köönt wi nich recht mitenanner.

Ik sett Kaffee op, geneet ik bün alleen. Eenmaal an' Dag mutt ik alleen ween. Keen Telefon, keen Fernseher, keen Radio. Keen Denken, keen Gruveln. Nix as ween. Ik heff vun de jungen Johren dat mehrst vergeten, aver nich, dat mi dat

Alleenween fehlt hett. Uns Huus vull vun Flüchtlinge, ik muß mit en Vetter ut Hamborg in de Wahnstuuv slapen. Sien Mudder harr mit ehr beiden anner Kinner de Kamer blangenan. Mennigmaal keem se in de Nacht un keek na den Jung, denn bün ik waak worrn.

Wenn't Sommer weer un warm, heff ik in unsen Goorn mien Telt opbuut un heff dor slapen. För kole un natte Daag heff ik mi op den Stallböön en heemlich Nest inricht, heff dor huukt, heff maalt, snittjert oder leest. Mudder hett dat Nest kennt, hett dor aver nix to seggt. So bleev dat mien Refugium. Op Düütsch: Zufluchtsort. Flucht vör allens, wat dat Ik angrippt, denn dat Ik hett nix tellt to de Tiet.

›Natürlich mußte Jakob auch in die Hitlerjugend‹, schrifft Mudder. Ik worr Pimpf. Swatte Kordbüx, Bruunhemd, Koppel. Reih und Glied. Zeltlager. Dree Mann in een Telt, un an' Morgen alle Mann op'n Dunnerbalken! Befohlener Verlust von Intimität!

Ik bün giftig worrn. Gemeinschaft-Zeltgemeinschaft-Scheißgemeinschaft! Mi hett ekelt. Ik

wull weg. Ik kann so wat. Ik kreeg keen Luft mehr, heff mi krümmt, Buukweh, kunn nich mehr snacken.
Befehl: Abmarsch! Nach Haus! Arztbesuch erforderlich!

Ik sitt bi Unkel Dokter Heinz, unsen olen Huusdokter, de kennt mi vun lütt op an, kickt sik mi an un fraagt: Wann un wo hett dat anfungen?
Op'n Dunnerbalken.
Un deit di nu noch wat weh?
Momentan nich.
Spontanheilung, grient he un schrifft för de HJ: 5 Tage kein Dienst.
In fief Daag harrn wi sowieso na Huus schullt, ik dank di, mien olen Dokter.

Vun do an weer ik so wat as untauglich un heff an Ansehn bi de Pimpfen verloren. En halv Johr hebbt wi noch singen mußt: Heute gehört uns Deutschland und morgen die ganze Welt!, denn weer de Krieg to Enn, un wi hören wedder to de Welt.

Ik heff nix över för grote ›Wir-Gefühle‹. So'n WI is jümmer hungrig, aver mennigeen IK föhlt sik wohl un wehlig in den warmen Buuk vun dat WI: Pränatales Wohlbefinden. Nix för mi!

9

Ik bün in de verkehrt Tiet to School kamen. 1940.

›Jakob war eigentlich nur ein mittelmäßiger Schüler‹, schrifft mien Mudder. ›Nicht dumm, sagten seine Lehrer, sogar sehr intelligent, aber ein Saisonarbeiter. Im ersten Halbjahr arbeitet er kaum, im zweiten setzt er zum Endspurt an. So wurde er stets versetzt.‹

›Versetzung‹ weer en Ritual. An' letzten Schooldag versammeln sik all Klassen in de Aula, seten Klass för Klass, in de eersten Regen de Oberprima, in de letzten de Sexta. Vörn achter't Rednerpult stunn de Direkter, vör sik för jeedeen Klass de List mit de Schölernaams.

Un denn gung dat jümmer so: He kreeg sik den eersten Zeddel vun sien Listen her, keek in de Aula un sä:

Sexta! Aufstehen!
Denn muß de Sexta opstahn, un he lees nu Naam för Naam vör.
Andreßen. Versetzt.
Denn dörv Andreßen sik wedder setten.
Bauer! Versetzt.
Un Bauer dörv sik setten.
De neegst weer nu an un för sik Carstensen ween, aver Carstensen worr nich opropen, denn wuß Peter Carstensen nu al, he is backen bleven. So as Maria Schütt, de ok nich opropen worrn is. Un wo nu all opropen sünd, de versett weern, un bloots Peter Carstensen un Maria Schütt noch staht, so dat all ehr sehn köönt, kummt vun dat Pult vörn de Stimm un seggt knapp:
Carstensen. Nicht versetzt.
Schütt. Nicht versetzt.
Setzen.

So gung dat Ritual. Eenmaal allerdings hett dat en Variante geven, de gell mi. Ik weer Obertertianer, uns Klass worr opropen, wi stunnen un töven, un vun vörn keem as jümmer de Stimm vun unsen Direx:
Andreßen. Versetzt.
Andreßen sett sik.

Altmüller versetzt.
Altmüller sett sik.
So geiht dat Naam för Naam, un nu seggt de Stimm:
Tiedemann. Versetzt.
Tiedemann sett sik, kickt mi an un grient: Du büst backen bleven, Steen kummt vör Tiedemann.
Karin Gieselmann hett mi ankeken un hett en Gesicht maakt, as wull se seggen: Schaad. Dat hett mi argert, denn achter ehr weer ik doch al so lang her, aver se gung bloots mit de Jungs ut de bövern Klassen. Wi weern ehr noch to gröön, hett se maal seggt hatt.

Un wo nu all Naams opropen sünd vun de, de versett sünd, staht noch Peters, Ziemann un ik. Un de Stimm vörn seggt:
Peters. Nicht versetzt.
Ziemann. Nicht versetzt.
Un denn seten ok de, bloots ik stunn noch un heff dacht: Wat is di dat denn? Hett he mi vergeten?
Man do keem mien Naam.
Jakob Steen.
All dreihen sik na mi üm.

Un de Stimm sä:
Du wirst dich wundern, nicht genannt zu sein.
An dir wird ein Exempel statuiert.
En Exempel, heff ik dacht, wat Besunners will ik je geern ween, aver en Exempel?
Wat för en Exempel schall dat ween?
Deine Lernbequemlichkeit ist nun schon mehrfach gerügt worden. Deine bisher, wenn auch knapp, gelungenen Versetzungen haben dich erkennbar nichts gelehrt. Auf Beschluß der Konferenz wirst du hiermit weder versetzt noch wird eine Nichtversetzung ausgesprochen. Du wirst weiterhin am Unterricht deiner Klasse teilnehmen, allerdings vorerst nur für drei Monate. Dann wird aufgrund deiner bis dahin gezeigten Haltung und Leistung entschieden, ob du bleiben kannst. Setz dich!

Ik bün na dree Maand versett worrn. So gung dat to: Gericht und Pranger. Wokeen nich versett worr, de worr utstellt.

10

Ik weer söven, acht Johr oolt, un Mudder schrifft:
›Jakob ist eigentlich schüchtern. Er hat wenig Selbstbewußtsein, er kompensiert es mit Lügengeschichten, die aber eigentlich keine Lügengeschichten sind. So hat er mir einmal eine Räubergeschichte von unserem Nachbarjungen Fritz erzählt, der sei soeben vom Krankenwagen abgeholt worden, er habe sich den Arm gebrochen. Und Jakob erzählt in allen Einzelheiten Unfallhergang und Abtransport. Wie ich aber sofort zur Mutter von Fritz laufen will, lacht der Junge und sagt: Mutti, das habe ich mir doch bloß ausgedacht! Und ausgedacht hatte er sich auch die Geschichte mit der Frau und den Eiern. Da kommt er aufgeregt in die Küche und erzählt in fliegender Hast: Schau dir das mal an, Mutti! Auf der Straße ist eine Frau mit ihrem Fahrrad gefahren, und hinten auf dem Gepäckträger hat sie einen Korb mit Eiern. Plötzlich fährt sie gegen den Kantstein, der Korb fällt herunter, und alle Eier liegen zerplatzt auf der Straße. Mindestens 50 Eier!
Wie kann ich ahnen, daß auch diese Geschichte

frei erfunden ist. Was mache ich nur? Er muß doch lernen, Wahrheit und Erdichtetes zu unterscheiden.‹

Ik nehm an, so richtig heff ik dat bit hüüt nich lehrt. Wat schrifft Mudder: Jakob ist eigentlich schüchtern. Hett dat stimmt? Un stimmt dat jümmer noch? Un desterwegen dat Versteken in Geschichten? Kann ween. Oder? Ik weet nich. Dor mutt ik maal mit Willem um snacken.

11

Nich opfallen un jümmer bedenken, wat seggt de annern dorto. So sünd wi groot worrn. Aver wokeen nich opfallen will un jümmer bedenkt, wat seggt de annern dorto, de kann sik keen anner Leven vörstellen as dat vun de annern.

Ik wull mi en anner Leven vörstellen. Wenn en veerteihn Johr oolt is, denn hööirt sik dat so. En Leven as dat bi Bernd Diewerge. De weer Bildhauer un as Flüchtling in uns Stadt kamen, huuk, wenn he nich tohuus bi Fruu un dree Kinner seet, in en lütt Atelier un hett de Köpp vun Buurnfruuns modelleert. Un de Buurn hebbt em mit en poor Reichsmark un Naturalien betahlt.

Den enen Dag, ik keem ut de School, leep mit een vun de Diewerge-Deerns na Huus un schimp för dull op mien Tekenlehrer. Wi hebbt en Bild vun uns Stadt malen schullt, Tusche. Ik heff mi de Kark mit de Hüüs um ehr utsocht. Mi hett dat Bild gefullen, aver as unsen Kunsterzieher sik dat bekeek, fung he dat Mäkeln an: Dicke Konturen um Turm und Häuser. Nicht gut.
Nich goot, heff ik dacht, dat is jüst de Pointe: Markante Gebäude.
Aver he sä streng: Konturen sind verzichtbar, man setzt Farbfläche gegen Farbfläche und grenzt sie so gegeneinander ab.

Man setzt, heff ik to de Diewerge-Deern seggt, he seggt, man setzt! Is he dat Gesetz?
Un do hett se seggt: Zeig doch meinem Vater mal dein Bild.

So bün ik in en anner Welt kamen. Dreemaal de Week keem ik nu bi em, jümmer mit en poor

Torfstücken un Briketts in de Tüüt, dat wi dat warm harrn. De Öllern hebbt bavento betahlt.

Malen, snittjern, modelleren, in't Radio Musik, de en tohuus nich hören kunn, AFN, American-forces-network. Jazz. Boogie-Woogie. Ik höör hüüt noch geern Boogie-Woogie.
Dat eerst Kunstwark, wat ik ünner de Hannen harr, schull en lütten Hund ut Holt warrn.
Und wie mache ich das nun?, heff ik Diewerge fraagt.
Keine Ahnung, fang mal an, sä he.

Gung ok allens goot, de Kopp keem vördag, de Rüch, de Buuk, de Steert. Wird doch, sä Diewerge.
Worr aver nix, ik harr de Been vergeten. Ünnern Buuk vun mien Hund weer nix as Luft.
Und nu?, keek ik Diewerge an.
Schlag was vor, sä he, wär schade um den Hund. Kopf und Rumpf sind doch ganz schön geworden.
Wat schull ik vörslagen? En Hund ahn Been? Dor kann en nix mehr vörslagen. Been anbakken?

Möglich, sä he. Laß uns mal überlegen: Wann sieht man die Beine eines Hundes nicht mehr?
Ik keek em an, he keek mi an. In't Radio weern se an't Jazzen.
Er schwimmt, sä ik.
Schwimmt?
Im Wasser. Beine unter Wasser. Ich setz ihn auf ein Brett, schnitze für links und rechts von ihm jeweils eine Welle.
Und malst das ganze an, lach Diewerge. De olen Griechen harrn ehr Marmorstatuen ok anmaalt hatt, wat en hüüt natüürlich nich mehr sehn kann. Dunntomalen allerdings weer dat en bunte Pracht ween.

Un so stunn he denn amenn ok dor, mien Hund, hellbruun anmaalt un merrn in de blaue See. Schwimmender Hund.
Mein Freischwimmerzeugnis!
Diewerge hett de Döör in en anner Leven opmaakt, in en Welt mit Kunst, de ik nie mehr verlaten heff.

12

Fruu Hansen hett mi schreven. Se hett ehr Hotel verkofft, de Swester hett nich nageven. Ik bün hinfohrt.

De Naam is bleven: Hotel op'n Diek. Fruu Hansen is nu Geschäftsföhrerin. Un wo geiht Se dat dormit?, heff ik fraagt.
Dat weet ik noch nich, hett se antert. An un för sik beter. Keen Schulden mehr. Gehalt. Anspruch op Urlaub. Heff ik lang nich hatt. Allens beter as Pleite.
Un de Mudder? Wat seggt de dorto?
De weet vun dat allens nix un schall dat ok nich weten. 90 Johr wahnt se hier un schall nu op Miete leven? Dat översteiht se nich. Se geiht as jümmer jeedeen Morgen vun Stuuv to Stuuv un kickt, wat allens in de Reeg is.
Dat freut mi för de Mudder, heff ik seggt.

To Middag seet ok de Mudder mit an' Disch. Ik heff ehr in de Arms nahmen, se hett mi drückt un seggt, för't Wattlopen weer dat doch noch to koolt, ik schall mi nix opsacken, en is fix verköhlt.

As Fruu Hansen an't Telefon ropen worr, un ik mit de Mudder alleen seet, sä se: Nu is dat Hotel verkofft.
Ik weer baff un wuß för'n Momang nich, wat ik seggen schull.
Is ok beter so, sä se, hier mutt Geld rinsteken warrn. Kieken Se sik de Pulsters vun de Sessels an, allens opsleten. Ik nehm an, sä se liesen, mien Dochder hett seggt, ik weet vun nix, aver ik heff de Papieren funnen. Un Lüüd in't Huus, de sik allens ankiekt, dat lett sik nich översehn. Mien Dochder meent dat goot mit mi, aver ehr sülm geiht dat nich goot. De Swester verloren, de Mann is al lang weg un nu dat Tohuus. Ik kann ehr nich hölpen. Dat eenzigst, wat ik för ehr doon kann, ik weet vun nix. Se schall sik nich um mi sorgen.

Fruu Hansen keem wedder an unsen Disch. Wi hebbt noch en Kaffee drunken. De Mudder hett seggt, se mutt sik nu för'n halv Stunn hinleggen, dat is se so gewohnt. Ik heff ehr noch eenmaal in de Arms nahmen, un se is gahn.
Fruu Hansen hett mi na mien Auto brocht. Ik schall bald wedderkamen, hett se seggt.
Maak ik, heff ik antert un bün fohrt.

Twee Maand later is de ool Fruu Hansen storven. So hebbt se denn beid, Mudder un Dochder, opletzt nix vunenanner wußt, un is dat ehr letzt Glück ween.

13

In de Baadstuuv.
Ik raseer mi.
Kiek in den Spegel.
Wi kiekt uns an.
De Mann in den Spegel un ik.
Ik röhr mi nich, ik kiek em an.
Mien Gesicht.

Ik kann op mien Hannen kieken. Op Fööt un Been. Kann mien Buuk sehn. Aver nie nich kann ik mi sülm vis-a-vis stahn un mien Gesicht sehn. Bloots in' Spegel.

Ik raseer mi, denk an den lütten Jakob, de is foffteihn, steiht vör den Spegel un denkt, woso süht he nich ut as Gary Cooper oder John Wayne. He hett jüst en Film sehn. Hett John Wayne sehn. John Wayne steiht dor, sien Farm is daalbrennt. Indianers. John Wayne maakt smalle Lippen, knippt de Ogen to, stiggt op sien Peerd un ritt op de Bargen to, wo de Indianers sünd.

Ik kiek in den Spegel.
Seh en olen Mann.
Seh ik den lütten Jakob noch in dat ool Gesicht?
Nix. Jakob nich. Gary Cooper nich. Un ok keen John Wayne.
Kiek mi an.
Wokeen kickt mi ut den Spegel an?
Ik.
Wat aver nich stimmt.
Huut un Hoor kiekt mi an.
Dat Ik kann en nich sehn.
Un dat hett de lütt Jakob je noch nich weten kunnt.

14

Willem kann nix vergeten. Mien Kopp kummt mi mennigmaal vör as en Aschammer, seggt Willem, ik behool Schiet un Dreck. Mutt ik

hüüt noch weten, wat ik mit 14, 15 Johr in't Kino sehn heff? ›Harry Piel‹, ›Krambambuli‹? Wat schall ik dor mit anfangen? Hest du ›Harry Piel‹ sehn, ›Krambambuli‹?
Ik heff de Films sogoor vörföhrt, Willem.
Nanu. Woso dat? As Jung?
Namiddagsvörstellung in't CAPITOL. Meist jeedeen Namiddag heff ik in den lütten Ruum mit de beiden Projektoren tobrocht. Bi Gustav Schröder, he weer de Vörföhrer. Ik weet nich mehr, woans ik to em kamen bün, he wahn in uns Straat, sien Dochder Maria gung mit mi to School. He hett mi wull maal mitnahmen, un ik bün bleven.
Umsünst Kino, dat harr ik mi as Jung ok wünscht, seggt Willem.
Nich wegen umsünst, Willem, wegen Schröder.

Wenn ik bi em in dat lütt Kabuff seet, un de Film ratter dörch de Maschin, mi weer warm. He hett mi wiest, woans en den Film inleggen mutt:
dat Licht instellen,
nastellen,
op dat Enn vun de Filmrull achten,
op dat Teken Nr. 1 töven,

glieks kummt dat Teken 2,
bi 2 de anner Maschien mit de neegst Filmrull starten,
de ool Rull rutnehmen,
op den Umspanner setten,
vun Hand torüchdreihen op Anfang.

Ik weet den Dag noch, wo he to mi sä: So, mien Jakob, nu maak dat maal alleen. He hett mi dat totruut. Un ik heff dat kunnt. Maal allerdings, he weer för'n Momang na buten gahn, hett sik en Zigarett ansteken, ik stunn blangen de beiden Projektoren,
de tweet Rull leep,
ik dreih de eerst torüch,
kreeg de neegst Rull ut den Kasten,
legg ehr in,
dat eerst Teken kummt,
dat tweet,
starten,
allens löppt,
Schröder kummt wedder rin, kickt dörch dat lütt Kuntrullfinster un seggt:
Jung, du hest en verkehrt Rull inleggt! De Film geiht anners. Nr. 3 is an de Reeg, du hest Nr. 4 opleggt!

Ik weer starr vör Schreck. Nu smitt he di rut, heff ik dacht un heff fraagt: Un? Wat maakt wi nu?
Gor nix, sä he un grien. Namiddagsvörstellung. Meist allens Deern un Jungs, de sünd an't Knutschen.
De Hauptsaak, dat is duster. Laat Nr. 3 weg un legg Nr. 5 op, so kaamt wi ok ehrer na Huus.
Is en Rätsel, Willem, keeneen hett sik beklaagt. De annern Dag dörv ik wedder vörföhren, un ik heff keen Fehler mehr maakt.

Dat CAPITOL gifft dat jümmer noch. Schröder is al lang doot. Maria is en ool Fruu, ik heff ehr annerletzt maal drapen, aver nich kennt hatt. Se keem op mi to un sä, se is Maria Schröder, wat ik ehr noch kennen worr?
Maria?, heff ik nadacht, un denn weer se wedder dor, de Tiet mit ehren Vadder in dat lütt Kabuff vun Vörföhrruum, un ik heff Maria drückt.
Ik heff veel vergeten, Willem, aver de Warms nich. Twee Johr lang weer ik Vörföhrerhölpsjung in dat CAPITOL. Ik bün Schröder truu bleven bit hüüt un düssen Dag. He weer so ganz un gor anners. Wat hebbt wi vun uns Öllern wußt? Wat wussen wi, wat se föhlt hebbt? Wat

hebbt wi vun ehr Leev as Mann un Fruu wußt? Wi wussen je nicht maal, woans se nakelt utsehn hebbt. Wi hebbt dat kennt, wat se vun sik wiest hebbt, un dunntomalen hebbt Öllern nich veel vun sik na buten laten. Schröder aver hett wat na buten laten, wat sik warm anföhlt hett. Un dat, Willem, lohnt dat Beholen.

15

Wi schüllt to Hochtiet, Willem un ik. Unsen olen Kolleeg Schorsch Brehmer will dat mit 72 noch maal versöken. Dat drüdd Maal.
Mein Himmel, Schorsch, hett Willem seggt, hest du jümmer noch nich genoog vun't Heiraden!
Du weeßt je, Willem, hett Schorsch antert, wi sünd Lehrers, wat hebbt wi uns Schölers opdragen: Üben und Wiederholen!
Willem mach so wat nich hören.
Liebe ist auf ewig, hett he streng antert.
Ik heff dor nix gegen, hett Schorsch seggt, aver is se dat nich, denn is Ehe op ewig en Tortur. Kaamt man Dünnersdag Klock ölven to Kark. Achterna gifft dat bi Rudi Jens wat to eten. Delikatessen!

So as he itt, so leevt he ok, hett Willem gnurrt, heiraadt vun Delikatesse to Delikatesse. Wat is dat överhaupt för'n Fruu, de nu an de Reeg is? De kummt vun dor, wo he wahnen deit, heff ik seggt, ›Betreutes Wohnen‹. Se hett em betreut.
Un he ehr!
Geiht uns nix an, Willem, freu di, he is nich alleen.
Un will he nu an' Dünnersdag dat drüdd Maal den Segen hören: Bis daß der Tod euch scheidet? Bitherto hett he dat je nich aftöven kunnt.
Stimmt, Willem, aver wegen so'n Segen kann en de Fruuns ok je nich um de Eck bringen.
Denn schall he em weglaten, den Segen!
Dat is so'n Saak, Willem, as Ursula Mewes heiraden wull, do hett ehr Mann seggt hatt, he will den Segen ›Bis daß der Tod euch scheidet‹, den will he nich hebben. He kann unmööglich för den Rest vun sien Leven toseggen, wat he maal för en warrt un wat de sik an den Segen holen kann. Do hett Ursula foorts de Heiraat afseggen wullt. De Fruu Paster hett noch meent hatt, se kunn den Segen je ok so seggen: In der Hoffnung, bis daß der Tod euch scheidet.

In der Hoffnung?, hett Ursula ehr ankeken. Wat schall dat denn heten? Hin- un Rückfohrschien? Ik will en eenfache Fohrt un keen Retourbillett! Vun Hoffnung kööont wi snacken, wenn ik in de Hoffnung bün, un dor gifft dat ok keen Retourbillett! Se hebbt heiraadt, de beiden, mit den olen Segen, na teihn Johr aver hebbt se sik scheden laten. Un dat gung vun ehr ut.

Schall mi maal verlangen, mit wat för en Formel Schorsch dat nu versocht. Dat warrt he sik na tweemaal scheden wull nich wagen: Bis daß der Tod euch scheidet.

He hett sik dat aver waagt. Willem hett schüttkoppt un to Schorsch seggt: Glöövst du dor nu an? Bis daß der Tod ...? Schorsch hett smustert un seggt: Willem, ik bün 72, hütigendags höllt en Ehe bummelig 14 Johr. Reek di dat ut, denn bün ik 86. Dat warrt nich jeder. Düttmaal kunn dat klappen mit den Segen.

Willem hett dat allens nich gefullen. Wat schull dat ok, he weer man eenmaal verheiraadt un weet vun en anner Leven nix af. Wat he nicht kennt, dat maakt em kribbelig. Un wat weet wi, wat he un sien Angelika mennigmaal vun sik dacht hebbt.

16

Wenn ik an den jungen Jakob denk in sien Lüttstadt, an Jakob, de noch to School geiht un is 16, 17 Johr oolt, wat is he nu, de Jung? Is he nix as de Söhn vun den Lehrer, de Söhn vun sien Mudder, de de Dochder vun Jan-Jakob is, de weer renommeert? Dat will he nich. He will Jakob ween. Dat hett sien Mudder wull nich recht begrepen hatt, wenn se schrifft:

›Mir gefiel Jakobs Art, sich auf der Straße zu bewegen, nicht. Er sprach laut und auffallend, machte im Laden passende und unpassende Bemerkungen. Er fiel wirklich stets auf. Ich bat jedesmal bei gemeinsamen Besorgungen: Jakob, benimm dich zurückhaltend und ordentlich! Es fiel ihm schwer. Ich ging nicht gerne mit ihm zur Stadt.‹

Aver dat mutt he doch: Opfallen. He will doch en lütten Künstler ween, snittjert, maalt, speelt in de School Theater, schrifft Gedichten un Geschichten, de gifft he sien Düütschlehrer, de seggt: Weiter so! Un Jakob denkt: Sühst du, warrt doch wat.

Aver wat he warrn will, dat weet he nich. Woso mutt en weten, wat en warrn will, denkt he, en kann sik Tiet laten. Un as he ut de School kummt, un sien Vadder fraagt em: Wat nu?, do seggt Jakob, sien Vadder schall em man noch en beten Tiet laten, he mutt nadenken. Sien Vadder will em aver dat Nadenken nich betahlen.
Schade, seggt Jakob, ich hätte mich gern noch ein wenig reifen lassen. De Vadder hett bloots knapp antert: Abitur heißt Reifeprüfung. Wenn du nich weeßt, wat du wullt, denn segg ik di dat: Ik bün Lehrer, warr du dat ok, du hest dat Talent dorto!

Un Jakob reist na München, he will wiet weg vun tohuus, dat hett he lang noog hatt, un geiht op de Universität.
Lehrt, schrifft Arbeiden, sitt jümmer wedder in dat lütt Café, wo ok de Schauspeelschölers sik

dreept, hett nie genoog Geld, de Schauspeelschölers verdeent sik en beten Geld as Statisten an't Theater, so warrt he nu ok Statist. Un kriggt den Mund nich wedder to, staunt un freut sik, wat he dor lehrn kann. Berühmte Regisseure un Schauspelers.

As den enen Dag so'n Regisseur den Faust vun Goethe inszeneert, do gefallt Jakob de Regie nich; he kofft sik en Reclamheft mit den Faust-Text, denkt sik ut, woans he dat op de Bühne bringen worr un seggt to den Regisseur, as de in de Kantine en Tass Kaffee drinkt, he, Jakob, worr dat anners maken.
Un de Regisseur seggt: Aha. Denn schall he em dat maal vertellen, en annern Dag, hüüt hett he keen Tiet för Jakob. Denn geiht de Regisseur. Un wo Jakob dor noch in de Kantine steiht un freut sik, do kummt de Regieassistent op em to un zischt em an: Wenn Sie glauben, sich auf diese Weise interessant machen und mich beiseite schieben zu können, dann werden Sie sich irren! Seggt dat un sorgt dorför, Jakob flüggt ut de Statisterie rut.

Alexander Malachowski hett he heten, de Regieassistent, den Naam vergeet ik nich. Twee Johr later, ik harr en Höörspeel schreven, hett dat in't Radio heten: Ferner wirkten mit Alexander Malachowski … Un Alexander hett man dree Sätzen to seggen hatt. In mien Höörspeel. Schaad di gor nix, heff ik dacht, för mehr Sätzen hett dat wull nich langt bi di.

Aver ik heff em ok to danken. Denn as ik nu würklich an't Theater kamen schull, ik harr dor blangenbi op studeert, do keem de Morgen, dat weer knapp vör ölven, ik stunn vör de Hauptpost in München, do weer de Momang dor, vun den de olen Griechen seggt hebbt: De Kairos! De Ogenblick, wo allens kloor is, un dat Leven en anner Richt nimmt. Do wuß ik miteens: Laat de Fingers vun dat Theater, du büst nich goot noog, un du wullt nie nich in't Leven vun anner Lüüd ehr Gefallen afhangen. Vun keen Intendant, keen Regisseur, keen Publikum. Ik warr Lehrer, dat kann ik.

17

Nu is he also Lehrer, Jakob, Lehramtskandidat, un schall foorts den Klassenlehrer spelen mit all Fächer, wo he doch eerst een Week in' Deenst is. Aver so weern de Tieden.

Dor sitt he nu tohuus an' Kökendisch, stiert op sien Stunnenplaan un denkt:
Düütsch: Allerbest.
Reken: Na ja.
Geschichte: Nix dorgegen.
Erdkunde: Geiht so.
Engelsch: No problem.
Religion: Wat dat Gott nu gifft oder nich, weten mutt en wat vun em.
Turnen: Warrt nix. Unüberwindliche Abneigung.
Musik: Hören ja. Aver singen? Tonausfall.
Physik: Woso Physik? He hett doch nich op Physik studeert.

Wat hett sien Rekter seggt: Die Methodiken aller Fächer haben Sie gelernt, in die Sachverhalte knien Sie sich hinein. Aver in München hett dat

anners heten! Dor hett sien Schauspeellehrer jümmer seggt hatt: Vergeuden Sie Ihr Talent nicht in den falschen Rollen.
Also wat heet dat?
Turnen mutt weg.
Musik mutt weg.
Physik mutt weg.
Aver woans? Hingahn na den Rekter un seggen: Kann ik nich. Will ik nich. Dat geiht wull nich. He mutt sik wat utdenken. Den annern Dag steiht de eerst Physikstunn an.

Wenn ik mi op wat besinn, denn besinn ik mi op den Morgen, wo ik, Jakob, to School gahn bün un vör de letzt Stunn an de Döör vun de Rekter kloppt heff.
Herein.
Kann ich Sie sprechen?
Um was geht es?
Ich möchte mich von Ihnen verabschieden.
Verabschieden? Wieso? Haben Sie nicht jetzt Physik?
Deswegen. Physik muß ausfallen. Ich habe keine Ahnung von Physik. Nebenbei: Ich kann auch nicht singen. Ich behalte keine Melodie. Und Turnen ist für mich undenkbar. Ich habe

Turnen schon als Pimpf gehasst, hat sich psychisch bei mir verfestigt.

De Mann hett mi ankeken, as kunn he nich glöven, wat sik dor vör sien Schrievdisch afspeelt.

Was soll das hier werden?, fröög he. Haben Sie getrunken?
Im Gegenteil, ich bin stocknüchtern, heff ik seggt. Mir tun die Kinder leid. Der Allfächerlehrer ist kompletter Unsinn. Schade um Musik, Turnen und Physik.
Ik heff dacht, nu smitt he di ruut, un du hest gor keen Rull mehr. Aver he keek mi bloots lang an un sä denn: Ja. Weiter. Das ist doch noch nicht alles.
Ich möchte eine Schultheater-AG gründen. Proben am Nachmittag. Jedes Jahr zwei Aufführungen. Alle Probenstunden zusätzlich zu meinen Pflichtstunden.
Un wat seggt he?
Machen Sie das.
Was ist mit Physik, Musik, Turnen?
Schade um die Kinder. War das nicht so?
Ik heff nückt.
Wo ist Ihre Klasse jetzt?

Im Physikraum?
Womit beschäftigt?
Mit Warten auf mich.
Wissen Sie schon, was Sie mit der Theatergruppe spielen wollen?
Ali Baba und die 40 Räuber.
Dann gehen Sie jetzt in den Physikraum, erste Probe.
Danke.
Morgen kriegen Sie Ihren neuen Stundenplan.
Danke.
Und noch etwas.
Bitte?
Bodenlos frech, aber vernünftig. Raus!

Wi hebbt mitenanner kunnt. He weer en Modernen. Mit em heff ik Glück hatt.

Un so is Jakob nu also en Lehrer för Düütsch, Reken, Engelsch, Erdkunde, Geschichte, Religion, speelt mit de Kinner Theater un speelt mit ehr dat Denken-Speel, dat gröttst Vergnögen. Denn seggt Jakob: Nix mutt ween, as dat is, kann ok allens anners ween. Un fraagt: Was wäre, wenn … ? Un nu geiht dat Speel loos.

Siggi Peters seggt: Wenn nix ween mutt, as dat is, denn mutt he ok nich för 10 Fehlers in't Diktat en Fief kriegen, denn wenn de Duden nich mehr gellen deit, denn is sien Fehler ok keen Fehler mehr.
Stimmt, seggt Jakob.
Aver Hubert Faust seggt, dat best weer, dat geev en Füller, de vun alleen richtig schrieven kann, denn kunn ok de Duden blieven.
Denn mutt dat aver Lüüd geven, meent Elke Wilde, de, wenn se den Füller konstrueert, richtig schrieven köönt, se mööt den Duden in den Füller rinkriegen.

Un de lütten Deerns un Jungs in dat ſoffte Schooljohr ahnt nich, as se so an't Denkspelen sünd, veel Johren later gifft dat so'n Füller un heet Computer, in den stickt de Duden.

As nu aver Reiner Wagenbach den enen Dag seggt, he mutt jeedeen Avend al jümmer Klock negen to Bett, wo he doch so geern ok maal länger opblieven will, denn kann he nu tohuus seggen, he hett bi Jakob lehrt, nix mutt ween, as dat is, kann ok allens anners ween, do meent Jakob, Reiner kann dat je maal versöken. Aver he schall nich vergeten un överleggen, wat mach de Grund för Klock negen ween, un wat schall de Grund för en anner Tiet ween?

Un as de Lütt den annern Dag wedder in de Klass sitt un Jakob fraagt: Na, wat hebbt dien Öllern to dien Denkspeel seggt?, do hett de Jung Jakob ankeken un bloots seggt, sien Vadder höllt nix vun dat Speel.
Ich hab' gesagt: Papa, nichts muß sein, wie es ist, alles kann auch anders sein. Kann ich nicht auch mal später zu Bett gehen?
Kann sein, hat mein Papa gesagt, ist aber nicht.
Warum?, hab' ich gefragt.
Weil es so ist, hat er gesagt. Können Sie nicht mit meinem Vater sprechen, er versteht das Denkspiel nicht.

Do seet de junge Jakob op'n Proppen, un de ool Jakob sitt dor, denkt an de vergangen Tieden un blifft em nix as dat Höpen, dat de lütt Reiner dat Speel ünner de Johren nich verlehrnt un vergeten hett.

18

Siet een Week sniet dat. Ik kann keen Snee mehr sehn. Dreemaal den Dag rut un Snee schippen, twintig Meter Footstieg. Tweemaal bün ik al fullen, leeg op de Rüch. Orthopädenwedder.

De Post kummt ok al siet dree Daag nich mehr. Kummt se nich dörch den Snee, oder hett de Welt mi vergeten? Aver an un för sik kummt dor je doch bloots noch Reklame. Thiemann will, ik schall sien Rootwien drinken. Ik mutt em maal seggen, he schall mi in sien Computer löschen. Ik drink al lang keen Wien mehr. Siet dat ik Tabletten gegen Cholesterin nehmen mutt, smeckt jede Wien na Metall. Bloots de Magenbitter ut de Apteek in Hilligenhaven is noch en Genuß. ›Ad longam vitam‹ steiht op dat ooltmoodsche Etikett, ›Op en lang Leven‹. Ik mach nich tohuus sitten, ik gah na Willem röver, nehm de Buddel mit, op en lang Leven köönt wi ok al maal an' Namiddag anstöten.

Willem seggt, he hett en glücklich Kinnertiet hatt. Dat mach ween. Ik weet nich mehr, wat ik en glücklich Kinnertiet hatt heff, un ik bün mi ok nich seker, wat en mit 76 noch weet, wat en mit söven dacht un föhlt hett.

Wat ik mit söven föhlt heff, lacht Willem, dor kann ik mi genau op besinnen. Dat weer de Reetstock. Gelegentlich trock Vadder mi fix en över. Ik seh den Stock dor hüüt noch leggen, baven op den Kökenschrank. Hebbt jüm keen Reetstock in't Huus hatt?
Wi harrn en Keller, Willem. Ik muß in den Keller daal. Maal mit Licht. Maal Dunkelhaft. Wat sünd dat doch för glückliche Erinnerungen.
Tscha, süüfz Willem, so weern de Tieden. Wokeen nich hören wull, de muß föhlen. Un nüms hett sik dor wat bi dacht. Aver liekers hebbt wi je doch en glücklich Kinnertiet hatt.
Besinnst du di, oder nimmst du dat bloots an?
Ik weet dat.
Du wullt dat weten. Aver laat wi dat. Ad longam vitam, Willem.

19

Ik bün verköhlt, mach nich rutgahn, de Wind weiht scharp vun de See her. Willem is för en poor Daag na sien Swester fohrt, de is fullen un hett sik de Hand anbroken, de Swester leevt alleen. Ik kümmer mi solang um sien Huus. Hool de Zeitung ut den Postkassen, legg em de Post op den Schrievdisch un maak, wenn't düster warrt, Licht an, dat sien Huus nich so verlaten utsüht. Ok de Lamp buten schall an ween, de hele Nacht lang, hett Willem seggt. Bewegungsmelder will he nich hebben. Dat An-un-ut maakt em nervöös, seggt he. Em langt dat al, wenn he achtern, wo he sien Arbeitsstuuv hett, wenn he dor sitt un mutt jümmerto op dat An-un-ut vun sien Naver Schneidereit kieken.
Schneidereit hett doch en an de Klapp, seggt Willem, wat mutt he sien Vagelvoliere ok jüst dor opstellen, wo de Bewegungsmelder an't Huus anbrocht is. Willem is na Schneidereit röver un hett fraagt, wat Schneidereit dat nich afstellen kann. Aver Schneidereit hett meent, solang dat Licht an-un-ut-geiht, solang weet he doch jümmer, sien Vagels geiht dat goot, se fleegt hin un her.

Do hett Willem den Goorner kamen laten, de hett veer Levensbööm sett, dat Willem nich jümmer in dat An-un-ut-Licht kieken mutt. Schneidereit hett schimpt: Wat nimmst du mi dat Licht mit de Bööm! Aver Willem hett bloots noch seggt: Loop man vör dien Bewegungsmelder op un daal, denn hest du Licht genoog. Schneidereit hett sik in de Giftigkeit dacht, hett twee Puters kofft, in de Voliere sett, un de beiden, de sünd nu an't Schriegen. Höört sik an, as wenn ener afsteken warrt. Aver dor is Willem je to christlich to.

20

Dat bimmelt an de Döör. Willem. Du büst je fix torüch, wullst du nich länger blieven? Geiht dien Swester dat beter, kummt se alleen torecht?
Jakob, fraag nich na mien Swester, seggt Willem un is gnatzig. Ik heff wischt, suugt, spöölt, feegt, aver jümmer weer ehr dat nich gründlich genoog. Hüüt morgen weer se wedder an't Nörgeln. Bi mi schall en vun' Footborn eten könen, hett se seggt un op'n Placken wiest.

Do heff ik ehr dat Fröhstück op den Footborn stellt un en Wischlappen dorto. Se hett mi ankeken, as weer ik de Placken op den Footborn, hett denn na de Döör nückt un seggt: Fohr na Huus!

Den eersten Avend hett se mi to Eten inlaadt hatt. Ehrer wi ut Huus gahn sünd, hett se seggt: Drink man hier noch en Beer, dat spoort wi in't Lokaal.
So hett se dat fröher ok mit ehr Kinner maakt, wenn se in' Urlaub weern. De Kinner hebbt mi mennigmaal leed doon. Kemen se ut de School mit en Diktat oder Opsatz, hett se fraagt: Was hast du?
Eine Eins? Wieviel Einsen hat es gegeben? Weer dat de eenzigst, hett dat Geld geven. Weern dor noch mehr, hett dat nix geven. Kemen de Kinner mit en Twee na Huus, hett dat heten: Wieso keine Eins?

As de Kinner de School achter sik harrn, sünd se so gau as dat man gung ut' Huus. De Mann weer sowieso al weg. As de in de Faschingstiet maal en poor Gäst inlaadt harr un bummelt in de Wahnstuuv Papiergirlannen op, do kummt sien

Fruu dor över to un seggt, se will keen Firlefanz in de Stuuv hebben, blifft in den Momang mit ehren Dutt an de Girlann hangen un seggt giftig: Weg mit dat Tüüch, ik will mi nich ophangen! Leider, hett de Mann seggt, is gahn un nich wedderkamen.

Mein Himmel, Willem, hool de Luft an! Hest du denn wat to Fröhstücken kregen hüüt morgen? Nee? Schall ik di en poor Spegeleier mit Braatkantüffeln maken? Ik hau mi ok en Ei in de Pann. Laat uns man deftig fröhstücken, denn mutt Beth di naher nix mehr to Middag bringen, un ik mutt nich to Kroog gahn. Dat köönt wi sporen.
Worr mien Swester seggen, grien Willem.
Un dor hett se denn ok je maal Recht in, Willem. Kaam mit in de Köök.

21

Nu kummt dat Vörjohr, wi hebbt de eersten warmen Daag. Fruu Holtmann seggt, se will mien Huus sauber maken, vun baven bit ünnen, ik schall man över Dag wegblieven, so stöört se mi nich un ik ehr nich. Ik kann nich sehn, dat dat Huus schietig is, aver se seggt, ›die Sonne bringt es an den Tag‹. Denn mutt dat wull ween.

Ik bün na Ribe fohrt. Ik bün geern in Ribe, de öllst Stadt vun Dänemark, loop langs de olen Straten, bekiek de olen Hüüs, den Doom, eet in dat öllst Hotel vun Dänemark, Hotel Dagmar, un freu mi, wenn ik Andreas wedder seh, sien Öllern hebbt en lütt Café in Ribe, de Jung studeert op Lehrer.

Jümmer, wenn ik in Ribe bün, gah ik in den Doom, mennigmaal speelt de Orgel, denn sett ik mi in en Bank un höör to. So weer dat ok hüüt wedder. De Organist is an't Öven, ik freu mi, höör em to, stah op, bewunner de Kunstschätzen in de Kark, sett mi wedder, höör de Orgel to. Do kummt dor en Schoolklass mit ehren Lehrer, un foorts is vun de Orgel nix mehr to hören. To hören sünd Handymusiken, to hören sünd de Kinner, 12, 13 Johr oolt, to hören is ehr Lachen, Ropen, to hören is nix vun den Lehrer.
Ik arger mi, gah na den Lehrer un fraag: Herr Kollege, geht es etwas leiser mit den Kindern? He kickt mi an un seggt bloots: Das Haus Got-

tes soll die Kinder nicht einschüchtern. Gott liebt alle Kinder dieser Erde.
Do keem de Karkendener.
Geht es etwas leiser?, fröög he den Lehrer.
Dat bruken Se em gor nich fragen, heff ik to den Karkendener seggt, he weet, wat Gott mach: Gott liebt alle Kinder. Dat weet he vun Gott sülm.
Ja, ja, sä de Karkendener, keek mi an, keek den Lehrer an un sä denn: Aber Gott liebt nicht alle Lehrer. Und das weiß ich auch von ihm selber.
Ik heff den Karkendener de Hand geven un heff seggt: Un weten Se, wat ik weet? Gott liebt den Kirchendiener vom Dom zu Ribe!
Ich soll es hoffen, sä de Karkendener, keek wedder den Lehrer an, schüddel den Kopp un gung.

Ik bün ok gahn, heff bi Andreas sien Öllern en Kaffee drunken. De Jung weer ok dor.
Wat maakt dat Studium?, heff ik fraagt.
Ich bin fertig, hett he antert, jetzt bin ich ein Lehrer wie du.
Ik grotteleer, heff ik seggt, un weeßt du al, an wat för en School du kummst?
An eine Tauchschule in Indonesien.

Ik weer baff.
Tauchschule? Indonesien? Woso dat? Du hest doch op Lehrer studeert.
Es war ein Irrtum. Ich soll nicht an eine Schule gehen, wo die Kinder machen, was sie wollen und denken, ich bin nicht da, auch wenn ich da bin. Tauchen ist mein Hobby, und wenn sie tauchen wollen, müssen die Schüler lernen, was ich sage, sonst bleiben sie unter Wasser. Und ich soll denken, das wollen sie nicht, sie brauchen ja Luft. So wollen sie also auch selber lernen.
Ik heff bloots noch seggt: Denn wünsch ik di allens Gode, Andreas.

So eenfach, as he sik dat maakt, so eenfach geiht dat nich. Luft bruukt all Kinner, de Fraag is bloots, wat is dat för en Luft? Un woans stellt en dat an, dat Schölers markt, ahn Lehrn bliff ehr de Luft weg?
Un denn höört dor natüürlich ok Lehrers to, de nich na Indonesien utkniept oder sik in den Doom vun Ribe op Gott rutsnackt.

22

Wat schall ik dor nu to seggen?
Fruu Holtmann hett mi fraagt, wat ik nich maal mit ehren Mann över ehr Dochder Monika snacken kunn. De is knapp 15, hett en Fründ, Manni, 17, un hett güstern ehr Öllern fraagt, wat se mit Manni nich ok maal bi ehr tohuus övernachten kann. Manni harr twoors ok en Stuuv, de deelt he sik aver mit en Kolleeg, un de mach nich all Ogenblick to Kino gahn, wenn Manni sien Deern bi sik hebben will. Un nu is Larm un Striet bi uns, seggt Fruu Holtmann. Ehr Mann hett seggt: Kummt nich in de Tüüt!
Dat is je doch ok genant, seggt Fruu Holtmann, Stuuv an Stuuv mit de Dochder un de ehren Fründ. Ik weet nich, wat ik maken schall, laat wi ehr nich rin, drieft se sik rum. Wat raden Se mi?
Ik denk dor över na, heff ik seggt.
Fruu Holtmann hett süüfzt: Wat is dat doch för en Tostand, wenn en de Natuur to Kopp stiggt.
Un is gahn.

Un nu sitt ik dor un schall Holtmann seggen, wo wi de jungen Lüüd mit ehr Natuur ünnerbringen köönt. Ik heff keen Kinner hatt, un as wi jung weern, do hett dat so wat nich geven, dat en na Huus kummt un seggt to de Öllern: Ich würde heute nacht gern mit Maria in meinem Zimmer schlafen. Laßt euch bitte nicht stören.

Wi harrn dat nich denken un nich fragen kunnt. Schaam un Tabu stunnen dorgegen. Sülm wenn en de 21 achter sik harr un weer münnig, kunn en nich mit sien Deern tosamentrecken, wenn en nich verheiraadt weer. Konkubinat. Wilde Ehe. An so'n Lüüd worr nich vermeedt. Kuppeleiparagraph.

Mien Deern un ik, wi hebbt lagen. Wir sind ein Ehepaar, hebbt wi seggt. Denn hett de anner Siet fraagt: Haben Sie Kinder?

Nein.

Erwarten Sie ein Kind?

Nein, wir studieren und sind ein kinderloses Ehepaar.

Jeedeen Dag heff ik de Annoncen in de Zeitung studeert, heff anropen un mien Vers herbeedt: Wir sind ein kinderloses Ehepaar und studieren.

Maal, ik harr mien Text al teihnmaal opseggt, heff ik mi verheddert un heff seggt: Wir sind ein eheloses Kinderpaar und studieren.
Un wat seggt de Fruu an't anner Enn? Das ist ja interessant. So eine Mietpartei hatten wir noch nie. Kommen Sie vorbei. Un wi hebbt de lütt Wahnnung kregen. 16 Quadraatmeters över allens.

Aver wat segg ik nu to Holtmann? Dat best warrt ween, ik fraag em, wat he sik wünschen worr, wenn he Manni weer oder sien Dochder.

*

Ik Manni?, keek he mi vergrellt an. So'n Jung as de! Geelte Hoor un Ohrringen! Wenn ik al sien Gang seh: Hannen in de Taschen un weeke Kneen!
Oha, heff ik dacht, hier geiht dat nich um de Stuuv, un heff seggt: So'n Kerls as wi maal weern, Holtmann, de starvt ut. Wat blifft de Deerns hüüt anners na, se mööt dat nehmen, wat op den Markt to hebben is, geelte Hoor, Piercing, Tattoos. Aver se sünd je sülm so. Hüüt, wenn so'n Deern sik an' Strand uttreckt, steiht dor mennigmaal en Billergalerie, Tattoo

an Tattoo. Ik stell mi den Mann vun so'n Fruu vör, dat Leven lang mutt he op desülvigen Biller kieken.
Kummt op de Biller an, sä Holtmann, amenn is dat beter as en Leven lang op desülvige Fruu kieken.
Holtmann, ik snack mit Monika.
Denn seggen Se ehr, ik will den jungen Mann hier nich sehn.
Ik heff nückt un bün gahn. Fruu Holtmann hett mi an de Huusdöör de Hannen drückt un flustert: Mien Mann hett all ehr Frünnen wegekelt.
Der Leithammel wacht über seine Herde, heff ik torüchflustert.
Mehr Hammel as Vadder, hett Fruu Holtmann süüfzt.
Un wat segg ik de Deern nu?

*

Ik heff nich veel snacken mußt.
Monika, heff ik anfungen, aver se full mi in't Woort.
Mein Vater ist eifersüchtig.
So is dat. Un nu?
Muß er lernen, mit Manni zu leben.

Un Manni is de richtige?
Momentan ja.
Wat heet momentan?
Weiß ich nicht. Zwei Wochen, zwei Monate, länger. Weiß ich nicht. Ist das wichtig? Wußtest du, wie lange deine Ehe halten würde, als du geheiratet hast?
Im Prinzip ja.
Aber faktisch hast du zweimal geheiratet.
Aver nich na twee Weken.
Man kann gar nichts wissen.
Im Prinzip ja. Aver faktisch glöövt en an dat, wat en nich weet, heiraden deit en op Duur.
Aber ich will Manni doch nicht heiraten. Ist doch Quatsch! Wir wollen zusammen sein.
Un dat bi di tohuus.
Warum nicht? Ist auch mein Zuhaus.
Aver ok dien Vadder sien.
Er muß sich daran gewöhnen, daß es ist, wie es ist. Er kann doch nicht verlangen, daß ich ohne Sex lebe.
Aver he mutt ok nich in de Naverstuuv slapen.
Schall he solang to Kino gahn?
Quatsch!
Un wat nu?
15 ist beschissen.

Mank Boom un Bork. Is keen schöön Platz. Ik weet en betern.
Für Manni und mich?
Ja.
Wo?
In Willem sien Schrebergoornhütt. Ik heff mit em un dien Mudder snackt. De Slötel hangt achter de Lamp blangen de Döör un kummt dor ok wedder hin, wenn jüm na Huus gaht.
Was wirst du Papa sagen?
Gor nix, he mutt nich allens weten, dat deit em nich goot. Wenn du later maal dat Gefög hest, dat kunn wat länger anholen mit en Kerl, denn stell em vör. Aver nich all twee Weken en Momentanen.

Denn gung se. Wat schall en dor nu to seggen? ›Liebe und Sex sind entkoppelt‹ worr Monika wull seggen, wenn se dat denken kunn. En kummt sik doch recht wat oolt vör, wenn en de Kinner so snacken hööрt. Wat hett de Anner seggt: Alles wiederholt sich nur im Leben. Stimmt. Im Prinzip. Faktisch aver recht wat anners.

*

Wenn ik dor över nadenk, seggt Willen, denn gefallt mi dat nich, mien Hütt för dien Liebesflüchtlinge. Du hest mi dumm un dösig snackt. Is doch allens willen Kraam.
Willem, wi beiden sünd mit en Märken groot worrn: Erst die eheliche Liebe entsündigt den Sex. Op de Hochtietsnacht geiht en in Witt op to, op den Sex baarfoot bit an' Hals. Wo weerst du mit dien Angelika in dat Öller.
Dat weet ik nich mehr.
Vertell mi nich, jüm beiden hebbt keen Jieper op de Lust hatt.
Wi weern narms. Nich tohuus un in keen Hotel. Wi hebbt en Telt hatt.
Na also.
Hest du al maal mit en Deern in' Telt legen, Jakob? An' Diek? All Ogenblick maakt dat Määh un snüffelt an de Teltplaans. Dor vergeiht di de Jieper. Angelika hett jümmerto bibbert: Kummt dor nu al wedder en Schaap oder is dat de Schäper? Un denn hett se ok meent hatt, düsse weertvull Momang höört nich mank Schaap un Schaapkötels. Se hett sik sowieso wünscht hatt, ik schull ehr, wenn't maal so wiet is, över de Stuuf in de Slaapkamer drägen.
Un hest du?

Dat geiht di nix an. Segg de jungen Lüüd, ik will ehr nich in mien Hütt hebben. Laat se dat Töven lehrn.
Dat hebbt se achter sik, Willem. Monika weer dörtein, veerteihn, do hett se to ehr Mudder seggt: Wenn man nicht weiß wie es ist, gehört man nicht dazu.
Wat sünd dat doch för Tieden, Jakob. Ik heff mit fief oder süß noch nich wußt, wo kaamt de Kinner her. Un as ik mien Mudder fraagt heff, kreeg se en roden Kopp. Mit den Klapperstorch kunn se mi nich mehr kamen, dat hett so wull ahnt, do keem se mit den leven Gott. Dat Kind sitt in' Buuk vun de Mudder, sä se.
Un woans kummt dat dor rin?, heff ik fraagt.
Dat sett de leve Gott dor rin.
Aha. Un in't Krankenhuus hoolt he dat denn wedder rut un heet Dr. Claußen?
So is dat, hett Mudder seggt, un ik wuß nu, Gott heet Dr. Claußen. Dat vertell du hüüt maal de Kinner!
Un wat maakt wi nu mit de jungen Lüüd, Willem? Wi hebbt ehr de Hütt toseggt.
Besinnst du di noch op Schiller, Jakob, Die Glocke? Hebbt wi in de School hatt:

O! zarte Sehnsucht, süßes Hoffen,
Der ersten Liebe goldne Zeit,
Das Auge sieht den Himmel offen,
Es schwelgt das Herz in Seligkeit.
O! daß sie ewig grünen bliebe,
Die schöne Zeit der jungen Liebe!

Dat entkoppel maal, denn blifft nix. Aver dat Gedicht is je ok al över 200 Johr oolt. Schall ik dat kopieren un de jungen Lüüd in de Hütt leggen? Mach ween, se loopt foorts weg, un ik heff mien Hütt för mi alleen.
Dat laat man na. Wi kiekt uns dat an, Willem. Un nu geev mi den Slötel.

23

Ik bün in't Gruveln kamen, lees wedder in Mudder ehr Dagbook, bliev an de Geschicht mit Frédérice hangen, denk an Monika un ehren Manni, lees bi Mudder vun Jakob un Frédérice, bün in en anner Welt.
Denk wedder an den Bildhauer Bernd Diewerge, an den lütten Hund, den ik bi em snittjert heff, an all de Daag in dat lütt Atelier, an den

Dag, as Diewerge mit sien Familie wegtrock un he mi sien Modelleerbuck schenkt hett.
Ik bün 17, kiek Dag för Dag den Modelleerbuck an un segg to mien Deern: Ik will di jümmer bi mi hebben, ok wenn du maal nich mehr bi mi ween kannst, laat mi dien Kopp modelleren. Du büst mien Modell.

Ik fung an un weet hüüt nich mehr, wat ik dacht un föhlt heff, weet nich mehr, wat de Deern dacht un föhlt hett, weet nix mehr vun den Namiddag un nix mehr vun de Nacht un verwunner mi över dat, wat Mudder schrifft:

›Es war Jakobs erste große Liebe. Ich werde diesen Nachmittag und die Nacht nicht vergessen. Jakob hat mit einem solchen Fanatismus, mit einer Verbissenheit an der Büste gearbeitet, daß es mich rührte. Frédérice war nicht sehr geduldig, sie konnte seine Leidenschaft für diese Arbeit wohl nicht verstehen. Es war ihr Mund, der ihm nicht gelingen wollte. Immer wieder versuchte er es, war verzweifelt. Und dann geschah es, das Mädchen schaut sich den Kopf an und sagt: Das bin ich nicht. Der Mund ist verkehrt.

In diesem Augenblick komme ich in die Küche, um nach Jakob zu schauen, mir war plötzlich bange um ihn. Ich ahnte, daß er dort in der Küche um etwas ringt, was er noch nicht meistern kann, sehe, daß der Mund mißlungen ist und sage das. Da packt ihn eine derartige Verzweiflung, er nimmt den Kopf und zerstört ihn, weint und läuft aus dem Haus. Ratlos und wohl auch ahnungslos geht sein Mädchen nach Haus.
Spät erst kommt Jakob zurück, läßt sich nicht sehen. Wir gehen zur Ruhe, ich höre ihn in die Küche gehen. Was wird er tun? Soll ich zu ihm gehen? Ich ließ es. Es war eine unruhevolle Nacht. Ich horchte, immer noch war er nicht zu Bett gegangen. Um vier Uhr kam er an mein Bett: Ich hab's geschafft. Sie ist wieder fertig, flüstert er mir erschöpft zu. Aus dem Gedächtnis heraus hat er die Büste neu erstehen lassen. Sie wurde gegossen und steht noch heute bei mir auf dem Büfett. Ich liebe sie, nicht weil es Frédérice ist, sondern weil ich mit Jakob alle Phasen ihres Entstehens durchlitten habe.‹

Röhrt mi an, wat Mudder schrifft. Aver is dat mien Geschicht? Frédérice ehr Geschicht? Heff ik so föhlt? Hett Frédérice so föhlt? Vertellt

Mudder vun mien Leev, oder vertellt se vun ehr Leev to Jakob? Ik heff den Kopp twei maakt. Stimmt. Un ik heff em in de Nacht noch eenmaal maakt. Stimmt ok. Aver wat ik föhlt heff, ik weet dat nich mehr. Nu aver, wo ik Mudder ehr Dagbook lees, denk ik, ik kunn so föhlt hebben. Löppt wull doch op den olen Fontane op rut, wat hett de seggt: Wir sind schließlich doch das, wofür uns andere halten.
Aver stimmt dat?

Ik heff Frédérice de Büst wiest. Se hett seggt, se is dat nich, un se will ehr ok nich hebben. Ik harr ehr nich richtig ankeken hatt, hett se seggt. Wenn ik ehr richtig ankeken harr, denn harr ik sehn kunnt, se hett en anner Gesicht.
Ik seh di so, heff ik seggt.
Ik mi nich, hett se antert.

So hebbt wi uns beid verkeken hatt.

En halv Johr sünd wi noch mitenanner gahn, denn trock se mit ehr Öllern na Düsseldörp.

Ik wull ehr weddersehn, bün na Düsseldörp trampt, mit en LKW, twee Daag hett de Reis

duurt. Bün in Düsseldörp mit de Stratenbahn na ehr Adress fohrt, heff vör de Huusdöör töövt, ehr Mudder hett mi dat Huus verboden hatt, ehr Dochder worr to jung ween un ik weer je ok noch nix. En Hans-hett-nix, hett se seggt.
Buten weer dat koolt. Denn keem Frédérice, se verfehrt sik un seggt: Wat maakst du hier? Hett Mudder di sehn? Ik kann di hüüt nich drepen, ik heff Arbeid för de School. Kaam morgen wedder.

Do heff ik dacht, dat bün ik nich, den se vör sik süht, heff mi umdreiht un bün na Huus trampt. LKW. Un de Fohrer seggt to mi: Wat weenst du, Jung?
Is nix, heff ik seggt.
Nix? Un dat nu al een Kilometer lang? Is wat mit di? Büst du krank? En Deern?
Ik heff nückt.
Hett se di sitten laten?
De is ut Gips, heff ik giftig seggt.
Ut Gips?, hett he mi verwunnert ankeken. Gips warmt nich. Söök di en anner Deern.

Dat hett allerdings wat duurt. Ik muß eerst dat richtige Hinkieken lehrn.

24

Dat is nix worrn mit de Dünnersdagshütt. Na twee Weken hett Willem den Slötel vun' Haken nahmen, un ik muß Fruu Holtmann seggen, he will dat nu doch nich, dat ehr Dochder mit ehren Kavalier in sien Hütt de Leev nageiht.
Seggen Se em, ik verstah dat, hett Fruu Holtmann to mi seggt, ik heff mi sowieso wunnert, dat he dor Verlööv to geven hett. Tscha, wat maakt wi nu?

Den annern Dag heff ik Monika drapen. Die Hütte war nichts, hett se seggt, überall an den Wänden hängen Fotos von seiner Frau, Manni hat sofort gesagt, die guckt uns zu, das will er nicht. Er sucht jetzt eine Stube für sich allein.
Na ja, heff ik seggt, denn löppt sik dat je torecht.
Un is he jümmer noch de richtige?
Es entwickelt sich, sä se.
Wat sünd dat doch för aparte junge Lüüd.

Willem hett sien Fruu Angelika jümmer wedder fotografeert. Alben över Alben mit ehr Biller staht bi em in't Regaal. Un jümmer an Angelika ehren Geburdsdag mutt ik dat letzt Album vun ehr mit Willen bekieken, dat mit de Biller vun ehren Dood. Ik mach dat Album nich.

Angelika hett Nierenkrebs hatt. To Wiehnachten hett se de eersten Wehdaag föhlt, aver de Dokter hett meent hatt, dat weer de Blaas, Angelika harr sik wull verköhlt; as dat nich beter worr, is se in't Krankenhuus gahn, dor hebbt se ehr seggt ›Fehldiagnose‹ un hebbt ehr de Neer rutnahmen. Nadeem is ehr dat beter gahn, se is mit Willem to Kuur fohrt, man denn gung dat miteens gau den Barg daal, in September is se storven.

Un all düsse Maand un Weken hett Willem ehr knipst. Dat gifft Biller vun em un ehr, wo se beid op dat Sofa sitt, he kickt ehr an, un Angelika weet nich, se mutt starven, denn jeedeen Dag hett Willem ehr seggt hatt: Dat warrt wedder, maak di keen Sorgen.
Un hett ehr fotografeert.

Wo wiet mutt en weg ween vun sien Fruu un fotografeert ehr Starven. Ik weet dat nich. Ik begriep em nich.

Dat letzt Bild, wat Willem vun Angelika knipst hett, se liggt in ehr Bett un hett de Ogen to.
Se slöppt, seggt Willem.
Se slöppt aver nich, se is doot.
Willem hett dat Bild maakt, ehrer Stührk mit den Sarg kamen is un Angelika na de Kapell fohrt hett.
Un jümmer wedder seggt Willem: Kiek di ehr an, Jakob, se is nich doot, se slöppt röver in en anner Leven.

Ik kann so nich mit den Dood umgahn. Dat letzt Bild, wat ik vun mien Opa kenn, do löppt he langs de Königstraat, he will na'n Schoster, reckt den rechten Arm mit den Handstock hooch un grött en op de anner Stratensiet. As he bi'n Schoster is, fallt he um un is doot.
Ik mach dat Bild. Opa is nich op den Weg na de anner Siet, Opa is op den Weg na'n Schoster.

Jeedeen Johr, wenn Angelika Geburdsdag hett, laadt Willem mi to Kaffee in. Denn deckt he den Disch un stellt en Bild vun ehr mank Kaffeekann un Tortenteller.
Willem seggt, wenn se harrn Kinner kriegen kunnt, Angelika un he, denn weer he womöög-

lich nich Lehrer worrn. He harr aver mit Kinner leven wullt. Angelika is Kinnergoornfruu worrn un hett överall bloots Tante Angelika heten. Willem seggt, se hebbt beid nich wußt, an wen dat legen hett, dat se keen Kinner kriegen köönt. Wi hebbt dat ok nich weten wullt, seggt he, nüms schull dor Schuld an hebben.
Hett allens so ween schullt, seggt Willem.
Un woso dat?, heff ik em fraagt.
Wi harrn anners uns Leven nich hatt.
Dorför en anner Leven.
Aver düt weer nu uns Leven.
Un woto schall goot ween, Angelika muß vör di gahn?
Dat weet ik noch nich.

25

Ik kann nich mehr. Holtmanns, Monika, Manni, Willem sien Angelika-Alben. Is mi allens toveel worrn.
Ik bün för een Week na Irland flagen. Na Connemara an de Westküst.
Ik mutt bi mi ankamen.

*

Dörch dat Land fohren.
Smalle Landstraten.
Schaap un Köh graast.
Loopt över de Straat.
Anholen.
En Koh steiht vör mi.
Töven, bit se sik an mi satt sehn hett un Platz maakt.
De Koh tonücken. Langsaam wiederfohren.
Wunnerschöön.

*

Wo ik stah, regent dat.
Dor achtern schient de Sünn.
Today some sunny spells, seggt de Mann in't Radio.

*

Mien eerst Fruu much keen Regen.
As wi in Irland ankemen, hett dat regent. Se hett den Mann an de Reception fraagt: Siet wann regent dat?
Siet Wiehnachten, hett de Mann seggt.
Wi harrn Juli.
Mien Fruu hett giftig fraagt: Un wo lang schall dat anholen?

Bit Wiehnachten, hett de Mann seggt.
Never ask for weather in Ireland.
Do hett mien Fruu al wedder na Huus fohren wullt. Se will Sünn, hett se seggt. Italien, hett se seggt. Irland is aver nich Italien, un ik weer nich de richtige Mann. Se is dree Weken later alleen na Huus reist. Desterwegen mach ik Irland.

*

Ik wahn wedder in dat lütt James-Joyce-Hotel.
Sitt alleen to Middag.
De junge Kellner bringt mi dat Eten. Blifft an mien Disch stahn un fangt dat Vertellen an. He will utwannern, he hett dat Talent för de groot Welt, he will maal Restaurant-Chef in Abu Dhabi warrn.
Ik fraag na de Reken.
He stutzt: Schon fertig?
20 Minuten heff ik eten, segg ik.
He lacht: Sorry, Sir, I am a talker. He is en Verteller.
Ik geev em en dick Drinkgeld.
He kickt mi verwunnert an.
För de Reis na Abu Dhabi, heff ik seggt. Vun't Vertellen alleen kummt en dor nich ganz hin.

He lacht.
Thank you, Sir.

*

Ik sitt op'n Felsbrocken vör en oolt Cottage.
Verfullen Huus.
Vergangen Leven.
Ik kiek över dat Land bit na de See. De Straat hooch kaamt twee Esels op mi to.
Blievt för mi stahn.
Kiekt mi an.
Ik heff nix för ehr.
Do dreiht de groot Griese sik um sleit den annern mit de Achterbeen.
Woso deit he dat?
Ik nehm an, de lütt Esel hett seggt: De Mann hett wat för uns.
Un nu hett he nix.
Do kriggt he also en an' Latz vun den groten Griesen.
Nehm ik an.
Ik bün vergnöögt.

*

De ool Barkeeper in de O'Connor-Bar. Ik bestell en dubbelten Whiskey. A double one, segg ik.

De ool Mann seggt: A large one, Sir.
Ik nück, drink mien Whiskey un segg to den Barkeeper:
Another large one, please.
He smustert un seggt: A gentleman's measure, Sir.
Ik stieg op.
Gentleman.

*

Waterwarme Luft.
Düster Nacht.
Vörsichtig fohren.
Wo kaamt de Lichten her?
Lichterkeden langs de Straat.
Ik maak dat Autolicht ut.
Allens düster.
Ik maak dat Licht wedder an.
Schaap.
Schaap liegt blangen de Straat.
Ehr Ogen as Parlen in't Licht vun mien Auto.
Wat för en Nacht!
Dat Leeven is schöön.

26

Un nu wedder tohuus.
Langsam ankamen.
Nich foorts na Willem lopen.
Allens langsam an mi rankamen laten.
Post dörchkieken?
Hett Tiet bit morgen.

Bi Willem brennt Licht. Schall ik mi versteken, in' Düstern sitten? Dat fangt al wedder an, de Alldag kruppt op mi to.
Ik pack ut.
Gah to Bett.
Hüüt bün ik noch nich dor.
Basta!

Dat Telefon.
Willem.
Heff ik di also doch sehn. Ik denk, dat is doch Jakob, de dor in't Huus geiht. Büst du torüch.
Nee, heff ik seggt, morgen.
Aha. Na denn bit morgen.
Opleggen.
Aver hölpt allens nix. Hier is nich Irland.

27

So giftig as vunmorgen heff ik Willem lang nich sehn. Ik harr mi jüst to Fröhstücken sett, do bimmelt dat an de Döör. Ik kiek na, Willem, he kann knapp aten, so opreegt is he.
Wat is loos, Willem?, fraag ik.
Jakob, weer de Mann ok al bi di?
Wat för'n Mann? Kaam eerstmaal rin, wullt du en Tass Kaffee heben, ik bün en beten laat mit Fröhstücken?
Also bi di weer he noch nich?
Willem, kaam daal, wat för en Mann?
De vun de Immobilienfirma.
Vun wat för en Immobilienfirma? Bi mi is keeneen ween.
Denn kummt he noch, du büst je ok oolt.
Willem, ik verstah keen Woort. Fang vun vörn an.

Un Willem vertellt: Ik sitt as du to Fröhstücken, do bimmelt dat an de Döör. Ik maak op, steiht dor en Herr un seggt, he weer vun de un de Immobilienfirma un harr mi wat Wichtiget to seggen. Wat he rinkamen kunn.
Ik heff em rinlaten, un wo wi sitt, do fraagt

he fründlich, wat ik mien Huus verkopen will.
Ik heff em verbaast ankeken un fraagt: Woso schall ik mien Huus verkopen? Ik leev hier.
Un weeßt du, wat he nu seggt hett?
He seggt, dat worr he weten, ik worr je alleen ween, de Fruu doot, keen Kinner. Un seggt: För uns all kummt de Dag, wo en so'n Huus nich mehr regeren kann un mutt in't Seniorenheim umtrecken. Un för den Fall worr sien Firma mi en Angebott maken un dat Huus kopen. Nu oder later, wenn dat so wiet is. Un weeßt du, wat he noch seggt hett? För den Fall, ik will nich uttrecken, denn worrn se sik freuen, wenn ik ehr dat nu al verkoop, un ik wahn op Leibrente. Jakob, de wüllt uns ruutkopen ut uns Huus. Dat is doch unerhöört! Ik bün so giftig worrn, ik heff seggt: Op mi köönt se lang töven, ik bliev nich doot! Wenn't Familie ween weer, Jakob, de so snackt, denn kunn ik dat je noch verstahn. Dat kennt wi je, wenn't an't Arven geiht, denn kummt de en un anner al maal mehr vörbi un kickt, wo lang mach dat noch duurn. Aver en Immobilienfirma hett an mien Dòör un Sarg nix to söken! Jakob, dat kränkt mi, wenn dor en kummt, un ik bün för em nix as en Kapitalfak-

tor. Un mien Huus is nich mien Huus, is en Marktobjekt. Ik un mien Huus, wi sünd keen Objekte! Nu weeßt du Bescheed, de Mann kummt wiß ok noch bi di, du hest je ok en schöön Huus.
Drink dien Kaffee, Willem, heff ik seggt, un arger di nich. Du seggst doch jümmer, wat ok passeert, schall allens so ween. Hett Gott sik utdacht. Willem, du hest de Firma dat Geschäft verdorven. Sieg des Einzelnen über die Gier des Kapitals! Mit Gottes Hilfe. Ik grotteleer di.

Do bimmel dat an de Döör.
De Mann vun de Immobilienfirma. Willem hett mi ankeken un flustert:
Maak nich op! Widerstand!

28

Dat warrt nich recht wat mit mien Lopen hüüt, mi deit de Rüch weh.
Ik sett mi op'n Bank an' Kinnerspeelplatz. Kiek de Gören to in de Sandkist, wo se dor de Rutsch daalsuust. Krieschen un Ropen. En lütt Jung will schaukeln, dörvt dat nich, en junge Fruu seggt, he is dor to lütt to. Blarren.

De ool Herr blangen mi op de Bank stickt sik en Zigarr an. De Rook weiht mi in't Gesicht. Ik kiek em an.
Schall ik mi wegsetten?, fraagt he.
Blieven Se man sitten, segg ik. Stah op un will gahn. Kiek noch maal na de Bank, wat mi nix ut de Tasch fullen is, seh dat lütt Blickschild an de Rüchlehn vun de Bank.
Hebben Se wat verloren?, fraagt de ool Herr.
Lesen Se maal dat Schild dor, segg ik.
He dreiht sik um un leest: Diese Bank wurde gestiftet vom Bestattungsunternehmen Lucht.
Dat is je apart, seggt he, Reklame för den Dood op'n Kinnerspeelplatz.
Memento mori, segg ik, wo du ok büst, sei eingedenk des Todes. Amenn kummt Lucht ok för de Kinner dor. Schall wull so wat as en Troost för uns ween.
So is dat, seggt de Ool, wenn wi all gahn mööt, lohnt sik dat Argern nich. Argerlich worr ik warrn, wenn't anners weer un wölk kaamt dorvun. Dat is je de Karken ehr Speel: Hölle, Himmel. Auferstehung. Wat mi anlangt, ik bün för Punktendeaus.
Ik ok.
Sehn Se den lütten Jung dor?, fraagt he, he will

schaukeln un dörvt dat nich? Mien Enkel mit mien Dochder. Se sünd op Besöök bi mi. Is en Freud. Is man goot, noch kann de Lütt nich lesen, op wat för'n Bank sien Opa sitt.
Memento mori.

29

Is jüst noch maal goot gahn, Willem hett vunmorgen en Herzinfarkt hatt: Klock halvig acht geiht bi mi dat Telefon. Willem.
Kannst du maal röverkamen?
Wat is mit di?
Kumm röver.

Ik bün in de Büx, heff mi en Jack övertrocken un bün na em röver. He huukt in sien Sessel, hett nix an as en Pyjama un en Baadmantel.
Wat is loos?
Mi is so eng um de Bost. Ik krieg nich recht Luft.
Wehdaag?
Dull.
Siet wann?
Klock fief hett mi dat ut den Slaap hoolt. Ik heff

Blootdruck meten, to hooch, de is aver wedder daal middewiel.
Um Klock fief hest du al keen Luft mehr kregen?
So is dat.
Willem, büst du verrückt, woso röppst du mi nich an?
Um de Tiet? Ik wull di nich in' Slaap stören.
Ik roop den Dokter.
Dat laat na, dat warrt al wedder.
Ik roop em, Willem, oder wi seht uns nich mehr!

*

Un nu liggt Willem in't Krankenhuus, hett en Stent un kriggt wedder Luft. As ik keem, seet de Oberarzt bi em. Ik heff den Dokter fraagt: Harr dat angahn kunnt un Willem blifft al Klock fief doot?
Natüürlich, seggt de Dokter. He hett Glück hatt, vun Klock fief bit halvig acht harr he al teihnmaal afgahn kunnt.
Hett nich ween schullt, seggt Willem.
Un wenn du afgahn weerst, Willem?
Denn harr dat so ween schullt, seggt he.
Wenn dat so is, Willem, denn harrst mi man sla-

pen laten schullt. Wenn du mi noch eenmaal kummst mit dien ›Hett so ween oder nich ween schullt‹, denn söök di en annern Naver! Ik kann dien dummerhaftig Snacken nich mehr af. Waakst Klock fief op, Fründ Hein kloppt an dien Bost, un du machst mi nich wecken!
Schull he dat neegstmaal kloppen, Jakob, roop ik di ehrer, hett Willem grient.
Do dat un vergeet nich, he kann fix ween, de ool Fründ.

Ik bün gahn. Wat maak ik ahn Willem, wenn he mi ok mennigmaal frömd is mit sien Philosophie. Ik bün em gewohnt worrn. Maal arger ik mi över em, maal he sik över mi. Dat schall mi doch nich verloren gahn, bloots wegen dat he mi nich wecken mach. Kann mi argern so wat!

30

Willem sitt de Schreck in de Knaken. Ik weer bi em in't Krankenhuus. Een Week mutt he blieven, denn geiht he to Reha.
Un wenn mi dat noch maal passeert?, kickt he

mi an. Ik alleen in't Huus? Schall ik in't Seniorenheim trecken? Mien Huus verkopen?
Du hest Navers, heff ik seggt.
Wat hölpt mi Navers, wenn dat Nacht is, mi de Luft wegblifft, un de Navers slaapt? Aver laat uns vun wat anners snacken.
De Dokter keem, Visite.

Ik bün wedder tohuus, heff Licht bi Willem anmaakt, in' Fluur, de Lamp vör de Döör.
Ik gah an't Finster, kiek na sien Huus röver un kann mi nich vörstellen, Willem warrt dor maal nich mehr wahnen. Licht in sien Stuven, aver Willem is dat nich mehr, de dat anknipst hett.

Dat is laat worrn. Ik gah to Bett. Wat sä mien Opa jümmer: Den Hoot eerst trecken, wenn en den Mann süht. Töövt wi dat allens af.

31

Söök di en Fruu, heff ik to Willem seggt, as wi in't Auto seten un ik em to Reha fohrt heff. Denn büst du nich alleen un verleerst di nich in't Gruveln. Fohr mit ehr to Kaffee, gaht to Kino, in't Theater. Kiek in't Blatt, Bekanntschaften, dat gifft mehr Lüüd as di, de nich alleen ween wüllt. Se mutt je nich bi di wahnen, du nich bi ehr, en mutt ok nich heiraden. Fründschop langt.

Willem hett seggt, he will keen Fruu mehr, he blifft sien Angelika truu.
Ik heff seggt: Willem, dat heet ›Bis daß der Tod euch scheidet‹, dat hett de doon, dorna fangt en anner Kapitel an. Mien Fruu hett to mi seggt: Vergeet mi nich, aver leev nich för mi.
Willem worr argerlich: Ik bün nich du! Laat mi tofreden!
Dien Angelika, heff ik seggt, is mien Fruu womööglich neger as du dien Fruu.
Do is he füünsch worrn un hett mi anblafft, ik weer nix as en Flaneur. Flaneerst dörch dat Leven, kaam doch maal an!
Mutt ik nich, heff ik antert. Ik bün al bi mi. Aver ik loop lever.

Willem kann nich anners. He is jümmer op den Weg na wat hin. Vun hier na de Ewigkeit, vun de Sünd na dat Erlösen. Ik hool mi lever an dat Hier un Nu.

32

Willem hebbt se vun de REHA wedder in't Krankenhuus brocht. Lungenentzündung.
Ik weer hüüt bi em. He hett Fever, kann knapp snacken.
Ik kaam wedder, heff ik seggt, slaap di man eerst gesund.

Veerteihn Daag hett dat leeg um Willem utsehn. Nu kummt he sik langsaam wedder. He gefallt mi aver nich.
Vun alleen opstahn un lopen kann ik noch nich, seggt he. Wenn ik mi waschen will, op Toilette gahn, mutt ik eerst den Pleger ropen, anners sackt mi de Been weg. Is egenorrig, Jakob, wenn en hier liggt, kickt ut' Finster, süht den Heven, de Wulken, den Regen, denn is de Welt dor buten wiet weg un geiht di nix mehr an. Hett uns Herr wull so inricht: Wat de Liev nich mehr kann, will ok de Seel nich mehr. Is en Oort vun Harmonie.
Willem, heff ik seggt, laat mit de Been nich ok noch den Kopp wegsacken. Schiet Harmonie! Differenz, Willem! De Been sackt weg, de Kopp löppt! So warrt dor en Melodie vun!

Do hett he mi ankeken un liesen seggt: Ik heff keen Lust mehr, Jakob. Schall wull so ween. Un snack dor nu nich mehr gegenan.

33

Ik heff dat Krankenhuus güstern utfallen laten. Ik muß mi verholen vun Willen un sien ›Ik heff keen Lust mehr‹, ›snack dor nich gegenan‹. Schall ik em wegtrudeln laten mit sien swatten Gedanken? Wenn se dat man ok för em weern, swatt, he süht ehr as hell an. Ik kaam dor mennigmaal nich gegenan. Ik bün na Kim fohrt, Kim Balle, he is Galerist baven in Dänemark. Wi sünd Fründ anenanner. As ik em vergangen Johr kennenlehrt heff, stunn he vör sien Galerie, de heff ik tofällig funnen, en Mann um de veerdig, stevige Figur.
He keek mi an, muster mien Sommerjackett un sä: Sie haben eine sehr schöne Jackett mit viele Farben, ich liebe Farben. Ich kann Sie auch ein Jackett von mir zeigen, das hat auch viele schöne Farben. Aber Sie wollen ja Bilder sehen und nicht mein Jackett. Kommen Sie herein.
Dat is je en vergnögten Mann, heff ik dacht. Un

wo ik nu mit em dörch sien Galerie gah, un he vertellt mi to all Biller vun de Künstlers, de ehr maalt hebbt, mark ik, he kennt sik ut. Amenn blifft he vör en groten Schrank stahn, maakt em op, hoolt en Jackett ruut, treckt dat an, steiht vör mi un lacht: Das hat mich ein Kostümier von die Oper gemacht. Sind es nicht fröhliche Farben?
Dat sünd se, heff ik seggt. So stunnen wi dor, bekeken uns in uns bunten Jacketts un hebbt lacht.

Ik sä: Herr Balle, woans schall ik Se nu ansnakken? Jüm seggt je to all Lüüd ›du‹ bloots nich to de Königin un ehr Familie. Ik höör to de Familie nich to.
Ich auch nicht, sä he, und so heiße ich also Kim.
Un ik Jakob.
Ja dann sollen wir nun ein Glas Sekt auf unsere schönen Jacketts trinken, sä he un gung mit mi in sien lütt Büro, möök en Piccolosekt op, keek mi fründlich an un sä: Skål!

Un wo wi so seten un över de Malers snacken, keem Broder Johannsen dor över to, en Mann um de achtzig.

Er ist eine vun unsere wichtigsten Leute, sä Kim, er war einmal der Bürgermeister von unsere Kommune, aber er liebt auch Bilder.
Un he vertell nu, dat Broder Johannsen en Krink vun Lüüd opsammelt harr, de wullen to de Galerie noch en Skulpturenpark anleggen, un denn schullen Galerie un Park en Zentrum för Kunst warrn. Un bavento schull ok noch en lütt Café inricht warrn.
Un wo kriegen Se dat Geld för allens dat her?, fröög ik Broder Johannsen.
He keek mi an, grien un sä: Von die Eitelkeit.
Vun wat?
Von die Leute und ihre Eitelkeit.
Un wo geiht so wat?
Man geht zu die Leute, die Geld haben un sagt: Dann und dann kommt eine berühmte Person zu uns in die Galerie, und du kannst dabei sein. Und es ist auch möglich, es kommt ein Mitglied von die Königliche Familie, sie hat ja ein Schloß hier in der Nähe. Oder die Königin. Und sie gibt dir die Hand, und du gibst eine Spende für die Kunst. Und das kannst du denn die andere Tag in alle Zeitungen lesen mit einem Bild von dir und die Königin und deinem Namen. Dann kommen sie alle. So machen wir das.

Broder Johannsen! Wat för en feinen Mann. 81 is he, weer veerteihn Johr Bürgermeister un kennt sien Swien an' Gang.

Ik heff Willem vun Broder Johannsen, Kim Balle un uns kulörten Jacketts vertellt.
Willem, dat ut twee bunte Jacketts so veel Freud warrn kann, dat kann en sik je nich utdenken.
Willem hett grient un meent: Wenn dat man allens stimmt un is nich doch en vun dien Geschichten so as du ehr dien Mudder al vertellt hest, un se di fraagt hett: Is dat wohr, oder tühnst du wedder?
Ditmaal is dat wohr.
Wat is al wohr?, hett Willem seggt: Wohr is, wi warrt jeden Dag öller.
Aver mit en kulöört Jackett, Willem.
Du, hett Willem seggt, ik bün mehr för dat Gedeckte.
Gedeckt is aver noch lang nich doot, Willem. Vergeet dat nich!

34

Willem hett dat Krankenhuus achter sik. Meist veer Weken hett he dor legen. Nu slöppt he wedder in sien egen Bett. Aver he will sien Huus nu doch verkopen un in't Seniorenheim trekken.

Ik heff de Knööv nich mehr för Huus un Goorn, hett he seggt. Un is ok beter, wenn dor Dag un Nacht en is, de hölpen kann, wenn't nödig warrn schull.

Aver söök di en Heim in de Neegde, Willem, heff ik seggt, dat ik nich so wiet fohren mutt, wenn ik di besöken will. Bün neeschierig, woans so'n Leven in't Heim utsüht. Mach ween, ik kaam dor ok maal hin. Du mußt mi veel vertellen.

Du mit dien Vertellen, hett he süüfzt.

Willem, heff ik seggt, gifft dat keen Vertellen, gifft dat keen Geschichten, gifft dat keen Geschichten, gifft dat keen Leven, denn dat Leven is nix anners as en Reeg vun Geschichten. Also vertell.

Na denn man to, hett he antert, aver eerstan hölp mi man bi't Packen.

Maak ik, Willem.

Utklang

Un wedder heff ik Geburdsdag.
Lees in dat Dagbook vun mien Mudder.
Un wedder denk ik: Schall ik dat ween? Jakob in ehr Geschichten?
Un denk an Willem, de seggt hett:
Ik bün ik.
Du büst du.
Ik bün nich du.
Du büst nich ik.
Un Jakob begrippt: Ahn Du gifft dat keen Ik.
Ik fraag mi: Wokeen un wat is de Anner in mi?
Un ik? Wat bün ik in den Annern sien IK?
So'n Denken gefallt Jakob.